光文社文庫

死ぬより簡単

大沢在《あり》昌《まさ》

光　文　社

目次

ビデオよ、眠れ

ふたつの部屋が、ガラス窓と厚い二重の防音扉でへだてられている。片方は六畳の広さで、ピアノとテーブル、三本のマイクスタンドとひとりの人間がいるきりだ。もうひとつの八畳ほどの部屋には、四台のオープンリールテープデッキ、二台のレコードプレーヤー、二台のカセットデッキ、部屋の四分の一を占めるミキシングユニット、椅子《いす》、テーブル、五人の人間、煙草《たばこ》の煙、が充満している。

五人のうちのひとり、ディレクターの井川《いがわ》が、ボタンやレバーの並んだユニットの左端にあるトークバックボタンに触れた。

「すいません。最後の『夜が明ける前に』の『け』の部分、ちょっとブレースが入ったみたいです。もう一度下さい」

「はい」

明瞭な返事と息づかいが返ってきた。トークバックボタンを押さぬ限り、録音室の会話がスタジオに聞こえることはない。

井川が一度外した指をボタンにかけ、低い事務的な口調でいった。

「中CM六十秒、テイクスリー」

アシスタントの管《すが》が、左手を広げキューを出す。ガラスごしにそれを見ていた華井《はない》みゆきが視線を手元に落とした。

「夢から醒《さ》めた街が、長い長い溜息をつく。

笑い。ざわめき。叫び。

今はどこにもないふたりの足跡。別れは、ほんのさっきだというのに。

東と西に分かれる道を、影だけがのびていく。

とき。止められますか？

今日がきのうに。暖かな部屋が冷えていく。

とき。止められますか？

夜が明ける前に。帰りつきたい日々。

刻みゆく夢。プリオール・ウォッチ」

井川が原稿から目を上げ、私を見た。それが癖《くせ》の、ジッポの蓋《ふた》を鳴らしている。

「いいのではないでしょうか」

私がいうと、ゆっくり頷いた。トークバックボタンに触れる。

「プレイバックします」

ミキシングエンジニアの加藤《かとう》が素早く指を走らせた。リモートコントロールで、部屋の隅にある三番デッキが回る。高速回転のキュルキュル、という音が止むと、たった今録音したナレーションがプレイバックした。スタジオにも流れる。

流れ出すナレーションに全員が耳を傾けた。ＳＥ（効果）の野崎《のざき》老が顔をほころばす。

「今日のみゆきさん、声が艶《つや》っぽいね。いいことあったのかな」

「野崎さん、本人に訊《き》いてみたらどうです？」

管が返した。

「野崎さんになら話してくれるかもしれない」

「年寄りだと思って馬鹿にしてるな」

井川が煙草をくわえ、ジッポを鳴らした。

プレイバックされたテープは、肉声よりも、タレントのその日の体調、気分を明確に記録している。欠点も長所もクリアに拡大するのだ。

「ちょっと寝不足気味なのじゃないかな」

井川がウエスタンブーツにかかったジーンズの裾をまくりながら呟《つぶや》いた。

「売れてきたもんね、彼女」

私が合わせた。

「食品が一本、車が一本、あと灯油だっけな。このプリオール・ウォッチと合わせて四本でしょ」

管が指を折る。

「ほら、オッケイ出してあげなけりゃ」

野崎が管をせきたてた。管が右端の方のトークバックボタンを押した。井川は触れ、管は押す。三十四と二十五のキャリアのちがいかもしれない。

「はい、オッケイです。ありがとうございました」

華井みゆきが原稿をたたみ、立ち上がった。重そうに二重扉をひいて出てくる。新劇の女優だということだが、舞台を見たことはない。声は、確かに私が書いているコマーシャルだけではなく、しばしば聞くようになった。

「お疲れ様です」

「お疲れ様でした」

答えて、録音室の隅のソファに腰かけた。

「音楽、どうします？」

井川が私に向き直った。スポーツマンタイプの体型をしていて、年の割りには髪が薄い。オーディオと車に凝っているが、彼だけではなく、広告代理店「電広」の若手制作スタッフは車にうるさい。

「今回は井川さんの好みというわけにはいかないな」

私はいった。井川は六〇年代のポップスが好きで、夏の商品には必ずロックンロールを使いたがる。一度、彼と共に作ったFM用のひと夏のコマーシャル八本にすべてビーチボーイズを使ったことがあった。

「佐伯《さえき》さんの好みだと渋めのジャズですか」

管がいう。

「ジャズ？」

私の目を見た井川に、首を振った。

「これにジャズじゃあまりにCMだ、よそう」

井川は安心したように頷《うなず》いた。ラジオ用のコマーシャルは、聞き心地がよすぎるのも問題なのだ。聴取者の耳の左から右に流れ、残るものがない。

「何かフュージョン系で、あんまりメロウっぽくない奴、ないかな」

「フィル・コリンズは？」

「お前ねえ……」

管がいった。

井川と加藤が笑い出す。ふたりは年が一緒で、始終、車とオーディオの話に花を咲かせている。

「自分が女の子口説くときのテープ使えばいいってもんじゃないよ」

「そんなことないですよ」

管は慌てた。いつも最新の恰好をしていて、十代のタレントには結構、人気があるらしい。腰が軽く、現場では重宝《ちょうほう》している。

「モーリス・ホワイトは？　女口説きには使ってないけど」

「アース・ウインド・エンド・ファイアの？」

「ソロ・アルバム。渋め、あるよ」

私がいうと、井川が管に目配《めくば》せした。

「じゃあ、買って来ます」

足早に録音室を出ていく。「電広」の制作ビルは、神田《かんだ》の神保町《じんぼうちょう》近くにある。学生街に行けば、大きなレコード屋は何軒も並んでいる。たいてい、「プリオール・ウォッチ」の月変わりコマーシャルは、ナレーション録りのその日のうちに完パケに仕上げてしまう。

FMの一時間番組の中で使われる作品だ。月に四回、年に十二本。月が変われば、新しいものが流れる。ナレーターは、番組と同じ華井みゆき。「プリオール・ミュージック・アワー」の前CMと後CMは「電広」のスタッフが書き、中CMだけを外注の私が書く。この状態が七年つづき、制作ペースも安定している。

こういったCMライターの仕事を私は、月に平均六本ほどこなしている。それだけで食べられぬこともないが、さほど時間のかかる作業ではないので、他の仕事もしている。

そちらの打ち合わせが迫っていた。

「SEの方は？」

私は腕時計をのぞき、訊ねた。

「ざわめきが少しと、パーティシーン、それにサイレンがかぶった夜の街」

野崎老がいった。野崎老は、今年六十五を越えるベテランで、草創期のテレビの外国ドラマの効果をほとんど手がけている。いつも飄々《ひょうひょう》としていて、白い頬髯《ほおひげ》をのばし、トレードマークの、小さな毛糸の帽子をぬいだことがない。私と同じ、外注のフリーランサーだが、毎回必ず原稿を読んだ上で、新たな「音」を作ってくる。自分で必要と感じれば、自腹を切ってでも、外国や地方に飛んで、「音」を拾ってくる硬骨漢《こうこつかん》でもある。

だから「外国に行っても何かを見た、という印象はほとんどないね」と笑う。ただし、音さえ聞けば「あ、これはニューヨークだ」とか「オーストラリア、グレートバリアリーフだ」とわかるという。音の職人なのだ。

「全部行く？」

井川の問いに首を振った。

「アタマでざわめき、ケツでサイレン。音楽はざわめきから起こして、サイレンの少し前で絞ろう」

「じゃあ『長い長い』のあたりで音楽、起こそう」

加藤がサインペンで原稿に印《しる》しをつけた。

「絞るのは？」

「二番目の『とき、止められますか』くらいかな」

「とりあえず、それでテストをしてみて、よければ録《と》っちゃおう」

管がレコードを抱えて戻ってきた。入れちがいに華井みゆきが「お疲れ様」を告げて出て行く。ナレーション録りが終われば、タレントのいる場所はなくなる。最後まで完パケ造りを見届けて帰るタレントは、まずいない。

プレーヤーに載せたレコードを頭出しして、曲選びにかかった。これという曲が見つかると、六十秒以上の曲の流れをテープに納める。ナレーションのみのテープとあわせて、四台のデッキのうちの二台がそれで塞《ふさ》がる。

残りの二台のうちの一台に野崎老がこしらえてきた効果音のテープがはめこまれ、最後の一台が、放送局に渡すためのマザーテープの録音に使われる仕組だ。

「じゃリハーサル、行こう」

それぞれの再生用テープはすぐに頭が出るよう、掌《てのひら》でリールを微妙に調整する。たとえカセットテープの音質が現在以上に向上したとしても、コンマ何秒の音出しをテープデッキの再生ヘッドにぴたりと合わせていくこの作業で、オープンリールに譲らざるを得ないだろう。

それぞれのデッキに人が付く。リモートコントロールが可能でも、やはりタイミングを取るには、ひとりひとりで専念した方がまちがいがない。

「じゃあ行きます」

管がナレーションテープの入ったデッキのスイッチを押した。井川がユニットのストップウォッチボタンに触れる。同時に野崎老が効果音のテープデッキを回す。

ざわめきのSEを加藤が〝立て〟た。少し遅れて華井みゆきのナレーションが流れ出す。

「はい、入ります」

井川がミュージックテープのデッキを回した。加藤が音量をゆっくり上げ、さしかえにSEの音量を絞る。

私は目を閉じて耳をすませた。音楽にのせればたいていのナレーションが心地よく〝様〟になる。高感度マイクがどうしても拾うわずかな呼吸音は、音楽の向こうに消えてしまう。

「はい」

ナレーションと音楽が半《なか》ば過ぎた時点で井川が声をかけ、加藤の指が音楽の音量を絞っていくのを感じた。

「はい、行きます」

野崎老が、その間に早送りし、頭出しをしておいた二番目のSEを再生する。

夜の街、遠ざかるサイレン、かすかなクラクションの響きにかぶって、

「刻みゆく夢。プリオール・ウォッチ」

の部分が流れた。

私は目を開いた。ユニットの高くなった部分にデジタルウォッチが入っている。表示板は「五十九・六」を示していた。

「時間は？」

野崎老が訊《たず》ねた。

「五十九・六。ぴったり大丈夫」

あたり前のことだが、放送のプログラムは秒単位で埋まっている。六十秒のCMが六十・五秒では使用できない。

「どうです？」

井川が火のついていない煙草を唇《くちびる》にくわえたまま、訊ねた。

「いいでしょう。これで行きましょう」

「音楽、流しっぱなしじゃ駄目かな。いきなりSEで素っぽくなっちゃうでしょ、終わりの方。なんかきつい感じがするんですけど」

管がいった。ここのスタッフには、気軽に意見をいいあえる雰囲気がある。

「音楽、SE、ナレーション、みっつ重ねると、少しうるさいんじゃない」

加藤が答えた。普段は技術者に徹しているが、意見を求めれば必ず明快な返事がかえってくる。素というのは、バックに何も流れていない状態を指している。

「やっぱりケツの『プリオール・ウォッチ』を立たせるには、今の方がいいんじゃないかな」

　野崎がいった。

「じゃあ、そこまでは音楽ひっぱってみる?」

　私がいい、それで再リハーサルすることになった。

　結果は、初めの方が秀れている、という判断になり、管も納得した。そういった試行を彼らは厭《いと》わない。私が一緒に仕事をして、楽しいとさえ感じる部分はここにある。

「じゃあ録りましょう」

　井川がようやく煙草に火をつけ、いった。それを合図に私は、かけていた椅子から立ち上がった。

「申しわけないけど、今日はここでいいかな」

　あとの手順は、マザーテープに頭信号とクレジットを入れ、リハーサル通りに録音することだ。私も不要となる。

「どうぞ」

　皆が顔を上げ、私は「お疲れ様」をいって録音室を出た。

「電広」の神保町ビルは建ってから二十年以上経過している。六時を過ぎ、人の気配が少なくなった大理石張りの廊下を私は足早に歩いていった。「電広」の営業セクションが入ったもうひとつのビルは三年前に建て直されたばかりで、青山《あおやま》にある。そちらの方は、神保町とちがい、いかにも巨大広告代理店といった華やかさがある。多くの人々が出入りし、タレントや背広族の数も多い。コマーシャルフィルムのスタジオは、ここではなく、青山ビルにある。やがてはこの神保町ビルはとり壊され、建設中の第二青山ビルにすべての設備が移される、と聞いていた。だが私はこちらの方が好きだった。ハイテクで斬新な機能をとり入れた青山ビルは、いかにも「代理店」の匂いがした。

それは、造るという作業からはかけ離れた虚業の世界だった。ひきかえ、老朽化し、しかしがっしりとしたこの神保町ビルには、手造りを感じさせてくれる重々しさがあった。そこでは、確かに、作業が行われている、という実感を得ることができた。

私は足早にビルの裏口を抜けると、靖国《やすくに》通りに向かって歩いた。二月の風にブルゾンの襟《えり》を立てる。都心を抜け、六本木に向かうにはまだ道は混んでいる。

タクシーをあきらめ、地下鉄の駅を目指した。打ち合わせより早く村瀬《むらせ》と会う約束をしていた。打ち合わせの時刻は、七時。六時十五分を過ぎている。担当者より十五分は先に、村瀬と会っておきたかったのだ。

待ち合わせた喫茶店は、六本木《ろっぽんぎ》の交差点を霞町《かすみちょう》方向に進んだ右側、麻布《あざぶ》警察の真向かいにあった。一階で上品な洋菓子を売り、二階でコーヒーを飲ませる。三時台と六時台が最も混む時間帯だが、担当者が六本木で知っている他の喫茶店は「アマンド」しかないといい、私も村瀬も「アマンド」に入るくらいなら、とそこを指定したのだ。

そこの二階に通じる階段を昇りきったのは六時五十分だった。案の定、黒い皮張りのソファ席は満卓になっている。村瀬の顔を捜すと、ガラスの間仕切りの向こうにあるカウンターで手があがった。

村瀬は、先月ふたりで出かけたときに買ったブルックスブラザーズのジャケットにボタンダウンのシャツを着《つ》けていた。年は私と一緒で三十三になる。大学も一緒で独身であることも同じだった。ちがうのは、私が地方出身で、彼が三代前からの東京《とうきょう》育ち、彼が一度結婚し、離婚した独身であることに対し、私は一度も結婚することなく、この年までひとり、という点だ。

小柄だがスマートな体型をし、どことなく清潔感の漂う雰囲気を持っている。建設機械メーカーの営業マンを務める昼間は、メタルフレームの眼鏡《めがね》をかけていて、アフタータイムにはコンタクトにとりかえる。眼鏡を外した村瀬の顔は、GTRでナンパに飛ばした学生時代と少しも変わらぬ、不良の匂いがする。どちらかといえば、私は不良の村瀬の方が好きだった。

「遅かったな」

コートで確保していた右隣の席を空《あ》けながら村瀬がいった。

「『電広』に行ってた」

「青山か」

私は首を振った。

「スタジオか」

「時計の仕事さ」

ああ、と頷いて村瀬はアメリカンをすすった。ちがいがもうひとつあった。彼は薄いコーヒーを、何も入れないで飲み、私は濃いコーヒーに砂糖とミルクをたっぷり入れて飲む。そしてその結果——ちがいというのはこの部分だが——私は彼に比べ、少々肉づきがよい。

「『電広』といえば、面白い話を聞いた」

村瀬がパーラメントをくわえた。百円ライターで火をつける。同じクラスになった十九のときには、ショートホープに金のダンヒルを使っていた。白いレタードカーディガンにオックスフォードのボタンダウンが眩《まぶ》しいほど決まっていた。キザには見えなかった。

田舎《いなか》でめくりつづけた「メンクラ」のモデルがいる、と思いこんだ。タイプは別だが彼は私と同じくらいハンサムだ、と私は、信じて……いる。彼に同意を求めたことはないが。

「知りあいの知りあいで海賊ビデオを専門に貸している奴がいる。ポルノだけじゃなしに、色色、妙な品を扱っている。たとえば今、復刻盤で古いアニメや活劇ドラマのビデオが出ているが、中にはたいした人気もなく放送終了して、ビデオが発売されていない作品もある。

そのビデオをどこからか見つけてきちゃ貸すんだ。マニア相手には結構、商売になるらしい。小川《おがわ》ローザの『オー、モーレツ！』なんてCFがあったろう。ああいった、懐かしのコマーシャルをシリーズにした海賊盤も扱っている。小林麻美《こばやしあさみ》の歯磨きのCFなんか、今じゃプレミアがついているそうだ」

「十五年前のか。よく手に入れられたな」

「代理店にルートがあるらしい。そいつから聞いたんだが、北原《きたはら》ちさとが出てる、妙な広報ものがあるっていうんだ」

「北原ちさとが？」

私は訊き返した。北原ちさとは五年前に歌手としてデビューし、中程度のヒットを飛ばしたものの、その後の歌に恵まれず、いつのまにか消えてしまったタレントだった。都会的だが、それでいて冷たさを感じさせぬ容貌と、暖かな笑顔を持っていた。私と村瀬は一時、彼女のファンクラブに冗談で入ろうかと、相談しあったほどのお気に入りだった。たまたま私は、彼女とラジオCMの仕事をしたことがあった。

持っている雰囲気とは裏腹に、妙に翳《かげ》を感じさせる女の子だった。彼女も私に悪い感情を持ったとは思えないが、とどのつまり、その頃の北原ちさとはちょっとしたスターで、私はただのCMライターだった。一度だけ、酒を飲み、その後どうということもなく疎遠になった。

村瀬は、その晩彼を誘わなかったことを未《いま》だに皮肉る。冗談めかしてはいるが、どこか本気で口惜《くや》しがっているようだ。

「彼女さ。どうやら政府の広報ものらしいが、選挙や交通ルールの話じゃないようだ。わりと長物《ながもの》で、そのうちの一部だけがあるそうだ。『電広』が何年か前に作ったらしいが、佐伯は見たことあるか？」

「いや、ない。北原ちさとはテレビのCFはやっていないといっていたが……」

「その後、やったのかもしれん。俺もまだ見てはいないが、聞くところによると、その内容が妙だというんだな」

「どう妙なんだ」

「飛行機に乗るとスチュワーデスが救命胴衣の着け方をデモンストレーションするだろう。別に救命胴衣が出てくるわけじゃないが、そんな雰囲気だっていうんだ。つまり非常の際には、とかそんなことを喋《しやべ》っているらしい」

「災害のときの避難指示のようなものか」

「らしいな。借りてみるか」

「どうかな。考えてみよう」

大袈裟《おおげさ》な奴だ、村瀬はそう笑って、膝《ひざ》の上のクラフト封筒を取りあげた。

「原稿だ。長村《ながむら》さんが来る前に読んでおく方がいいだろう」

私は中味をカウンターに出した。二百字詰めの原稿用紙が二十枚、ホチキスで留めてある。もうひとつの仕事がこれだった。漫画の原作を書いているのだ。村瀬と私で、青年誌に二本。隔週ひとつと週刊ひとつに連載している。

長村というのは隔週の方の雑誌の編集者だった。私たちと同じ年で、好きなストーリィのタイプも似ている。青年漫画誌も、少年誌と同じく、現在はラブコメディの全盛期である。しかし彼は、それよりも硬質の、アクションやメカがからんだストーリィを欲しがった。

私はペンをとりだし、原稿をめくった。漫画の原作は、おおよその場合、シナリオ形式で書かれる。場面の設定があり、登場人物の容貌の指定、そしてフキダシの中に入る台詞《せりふ》、といった具合だ。

村瀬は着想、設定に秀れたものを持っている。ただし会話に少し難がある。どうしても説明的になるのだ。

小説とちがい、ひとコマの中におさめられる台詞の量が限られる漫画では、会話の推敲《すいこう》が重要な作業となる。私が、そのパートを受け持っていた。アイデアは、ふたりで出しあい、メインストーリィを彼が、資料調べと会話を私が、受け持つ。原稿料も印税も公平な折半をとっている。

ペンネームは、彼と私の名をあわせ「佐瀬秀治《させしゅうじ》」を使っていた。

何ヵ所かの台詞をけずり、分配し、言い回しをかえた。毎回のラストは、当然だが印象的な台詞でしめくくることになる。

チェックを終えた原稿を閉じると、コーヒーのお代わりを頼んだ村瀬がつまらなそうにひきよせた。

私が直した部分に目を走らせ、舌打ちする。

「やはりここはこうなるか。俺も気にいらなかったんだ。直しときゃよかったな」

「あまりうまくなるなよ。半額とりづらくなる」

「なに、安心感てやつさ。多少、手抜きをして書いてもフォロウがあると思うと、ぐっと気が楽になる」

「そうやってよりかかりあい始めると、注文が来なくなるぜ」

私はいって冷えてしまったコーヒーを飲んだ。カップを受け皿におろすと、長村が階段を上がってきたところだった。

空きが出たボックスに移り、原稿を渡す。

長いものではないので、長村は必ず、その場で目を通す。

中米の革命下の仮想国を舞台にした、このアクションストーリィも、そろそろ大詰めが来ている。

「あと二回ぐらいかな」

私がそういうと、村瀬は頷いた。

長村が厚いレンズの眼鏡の向こうから、私と村瀬を交互に見た。

「できれば三回の方が、コミックスの第二巻も厚みが揃うんですが」

「いいのじゃないかな。どうせ初めは、全八話、一巻の予定だったんだ。多少、水増ししても、今さら文句は出ないだろ」

私は村瀬を見た。このストーリィは漫画家に恵まれた。長村が人気作家を獲得すべく、かなり努力をしたようだ。原作は所詮、裏方だ。よい漫画家につかなければ、人気やコミックスの売れ行きは望めない。

「いいよ」

村瀬も気軽に頷いた。

「じゃ、そのつもりで。これはありがたくちょうだいします」

長村は原稿をバッグにしまいこんだ。そして、彼が勤める出版社の少年向けの月刊誌に連載を始めないかという話を出した。

「このところ、パターンが決まってきましてね。ラブコメばかりじゃなくて、少し男の子ぽいものも入れた方がいいんじゃないかという声があるんですよ」

「その声というのは、長村さんがひとりで叫んでいるのじゃない？」

村瀬がニヤついた。

「わかります？　本当はそうなんだけど。あっちの編集長がオジンでね、どう変えていこうか、ビジョンを立てられないんですよ」

「オジンといや、俺たちだってオジンさ」

　私は苦笑した。

「でもまだ、ましオジンでしょう」

「じゃ佐伯先生と相談してみるよ」

「俺も村瀬先生と相談するよ」

「すぐそれだもの。なんか逃げられそうだな。月刊一本、そんなにきつくないと思いますよ」

　村瀬は笑って、私を見た。

「村瀬先生は働き者なんだがね、佐伯先生が労働意欲にとぼしいんだな」

「おふたりとも、そろそろ結婚してみちゃどうです？　働く意欲が湧くかもしれない」

「俺はこりてるけど、佐伯はどうかな。いい娘《こ》を連れてくれれば、気が変わるかもしれない」

「じゃあ、うちの女房ひきとります？　少しくたびれてるけど、料理や洗濯はマメにやりますよ」

「ひどい人だね」

　笑い出した。世間話に話題が移った。村瀬の、こういった話題をすりかえるテクニックはたいしたものがある。営業で鍛えられているせいだろう。それが原作の会話に反映されないのは奇妙な話だと、私はいつも思う。

しばらく時間を潰《つぶ》し、長村は立ち上がった。一緒に喫茶店を出る。社に戻るという長村と別れ、私たちは六本木の通りを歩き出した。原稿をふたりで渡した晩は、飲むことになる。暗黙の慣習だった。

「どかっと食うか？」

村瀬の問いに首を振った。

「つまみながらのパターンだな」

「じゃあ『レイ』に行くか」

私は唸《うな》った。

「興味心をそそらないコースだな」

「やめてもいいぜ」

「いいや。いこう」

「主体性のない奴だよ」

「レイ」はカウンターにボックスがふたつだけの、こぢんまりとした店だった。六本木通りに面したインド料理屋の二階にある。

下で作った酒肴《しゅこう》に適したインド料理を出すのだ。香辛料がきつすぎず、私や村瀬は気にいっていた。

入っていくと、加奈子《かなこ》がちょうど歌い始めたところだった。赤坂《あかさか》の、今は閉めてしまった、大きなナイトクラブにいたピアニストが妻とふたりでやっている。加奈子はその姪《めい》にあたる。加奈子の歌は玄人《くろうと》ではない。しかし、店の主人である高倉《たかくら》が弾《ひ》く、ジャズのスタンダードナンバーには奇妙によく似合うハスキーヴォイスを持っている。しっかりとしたステージのある、大きな店で歌うわけではないのだ。半ば囁《ささや》くような、その歌い方は「レイ」には、あっていた。

どういうわけか会員制で、値段もこのタイプの店としては決して安くない。「応接間の雰囲気」を売り物にしたいのだ、と高倉はいう。確かに落ちつきはある。そして、客同士が節度と気易さを使いわけることを要求される店だ。

小柄で色の黒い高倉は、いつもシルク地のスーツに細いタイを締めている。そのため日本人には見えにくい。「ホワッツ・ニュー」を弾きながら、軽く片手をあげた。

加奈子の方は、村瀬を見て微笑《ほほえ》んだだけだ。今年二十七だが、ひとりっ子で育ったせいか、身内になればなるほど愛想をなくす、というのが私の数年来の愚痴である。

カウンターに腰をおろし、水割りのグラスを手にすると、私は訊ねた。

「さっきのビデオの話だけど、どこで借りられる？」

「配達してくれる。会員制になっているが、俺の紹介を受けたといえば大丈夫だ。電話をすればテープとひきかえに、入会金とレンタル料を持っていくさ」

「見たくなった」

「たいして面白いものじゃないかもしれん。別に濡れ場をやっているわけじゃないしな」

「それだったら興味は感じんさ。口惜しくは思うかもしれんが」

「そんなことをいっていると、彼女に焼かれるぞ」

加奈子が少々やきもち焼きであることを、村瀬は知っている。村瀬が知っていることを、加奈子の方も知っている。従ってアリバイを成立させる相手としては、村瀬は適当な人間ではない、と三人でよく冗談の種にした。

「真面目な話、タレントが出ている政府広報で、非常時の対応策を説明しているものなんて見たことがあるか?」

私はいった。

「ないな。まあ、俺たちはあまりテレビを観る人種ではないからな。見落としたのかもしれんが」

「だとしても話ぐらいは聞いていていい筈だ」

「あるいは、撮っておいて、その非常時がやってくるまではお蔵入りにしておくのかもしれん」

「地震警報とかに備えて?」

村瀬は頷いた。

「空襲警報とかな」」

「核シェルターに入れってのか。そんなもの、ありはしないのに？」

「『電広』には、佐伯の方が強いだろう。調べてみちゃどうだ？「そんなに興味があるのなら」

「とにかくそのビデオだな」

「番号を教えよう」

村瀬が手帳を出すと、歌い終えた加奈子がその隣に腰をおろした。

私がメモし終えるまで見つめていて、やにわに訊ねた。

「女の子紹介してもらうの？」

「村瀬は若いのが得意なんだ」

「そう。俺は二十三以下か三十三以上しか相手にせん」

「どうして？」

「結婚を迫られるからさ」

私が代わりに答えた。加奈子と私にはそういう状況はない。興味がないのだ、と加奈子はいっていたことがある。それ以上、私は深く追及する気持はない。興味が起きれば、抑えておける性格ではない。

「地雷原を好んで歩く趣味はなくてね」

村瀬が補足した。

「年齢の下限は毎年変わらんが、上限はひとつずつあがっていくな」

「自分より若い女は、うんと若い子じゃない限り、信用できん」

「近いうち、ほとんどの女が信用できなくなるわ」

「その場合は、人妻にターゲットを絞る」

「その方がよほど地雷原だという気がするが」

「離婚できそうもないのを選ぶ」

「ひどいわね」

「ストレートに己れの幸福を追求しているだけさ」

加奈子が村瀬をにらんだ。

「佐伯に影響された」

村瀬は悲しげにいった。

「才能さ」

私があっさりといった。

「ちがうわね、それは」

加奈子がふたりの視線をはね返し、断定した。

「本能よ」

「レイ」の閉店と共に、村瀬と別れた。加奈子とふたりでタクシーに乗りこむ。古川橋《ふるかわばし》にある、私のアパートに向かって走る途中、加奈子が訊ねた。

「本当は何の番号だったの？」

私は苦笑した。

「ビデオ屋さ、面白いビデオがあるという」

「いやらしいやつ？」

「いや。古いコマーシャルを集めたものとか、テレビドラマがある」

「それを見るの？」

「俺がひとりでポルノを見るのが口惜しいのだろう」

「馬鹿」

赤くなった。以前、村瀬が質のよいハードコアを何本か持ってきて、私の部屋で三人で見たことがあった。見ているうちに加奈子の目が妙な具合になった。泣いたように赤くなり、村瀬が帰った直後、私を押し倒した。アパートの玄関というのは、それが最初で最後だ。

「北原ちさと、というタレントが出てるCFがあるらしいんだ」

村瀬ではないが、地雷原を歩く気持でいった。加奈子とつきあいだしたのは四年前だ。

「北原——ああ、歌手だった人ね。今は赤坂でお店をやってる」

「本当か？」

「ええ。私の友だちが少しその店に居たことあるの」

「何という店だい」

加奈子が私を見た。

「昔、一緒に仕事をしたことがある。残念ながらそれ以上にはならなかった」

説明しながら内心、三十過ぎの独身男で、結婚を前提としないつきあいをしている女のジエラシーにこれほど気を遣っているのは私ぐらいだろうと溜息《ためいき》をついた。

「『セントエルモ』、会員制のちょっとしたお店らしいわよ」

「いつ頃の話？」

「二年くらい前」

頷いた。場合によっては、レパートリーをひとつ増やしてもいいと思っていた。

翌日の午後、加奈子が帰ると私は朝食の洗いものを済ませ、電話の前にすわった。料理や洗濯は、私のアパートである限り、私が行う。防壁として、私が打ちたてたルールだった。どうやら少し結婚を恐れすぎているのではないか――最近、思うようになったことだ。

村瀬が教えた番号を回した。

「アロウVサービスです」

若い男の声が答えた。局番からすると、新宿《しんじゅく》近辺のようだ。

「お宅の会員の村瀬正志《ただし》さんから紹介を受けた、佐伯という者だけど……」

「新入会のお申しこみですか？」

「そう」

電話番号と住所を訊ねた。私が答えると、いったん切って待て、という。

五分たたぬうちに折り返しかけてきた。どうやら電話帳で確認したようだ。

「失礼しました。御希望のビデオとデッキの種類をどうぞ」

「デッキはどちらでもいい。テープは、北原ちさとが出ているコマーシャルフィルムを。それから……国内物のハードコアできれいな品があれば二本ほど」

ポルノを入れたのは、奇妙な客だと思われぬためと、加奈子の変化を思い出したからだった。

「北原ちさとのは、絵が完全ではありませんが構いませんか？」

「完全ではない、というと？」

「頭の一部と後半が切れています。海賊盤ですので」

「それは了解している」

「承知しました。ポルノの方の希望はございますか？」

「北原ちさと主演のは、あるかい」

「それはちょっと……。新着で有名人のですと――」

アイドル歌手と熟年女優の名を男はあげた。私は息を吸いこんだ。

「どちらも盗み撮りですので画質はよくありませんが……」

「じゃあ無名でいい。あまり変則的ではないものを」

「はい。配達の御希望時間は？」

「今日中なら、いつでもいいが」

「では夕方までにうかがいます」

頼む、と答えて私は電話を切った。彼らがどのように盗撮ビデオや海賊盤を入手するのかはわからないが、かなり組織的なようだ。

テープが届けられたのは、それから二時間が過ぎてからだった。単発《スポット》ものの、ラジオCMの原稿を、二本書きあげていた。

チャイムにドアを開けると、フルフェイスのヘルメットを抱え、メタリックのスイングトップを着た若者が立っていた。二十一、二というところだろう。学生のアルバイトのようで、私が想像していた暴力団員風の雰囲気はまるでない。

「入会金五万円と、レンタル料二日分の基本料として一万五千円いただきます」

一本五千円というわけだ。配達でしかも裏物とあればやむを得ないだろう。

私はわずかに息を弾《はず》ませているその若者に、六万五千円を渡した。領収証を出す様子はない。金をしまい、若者は抱えていた封筒をさし出した。

「返却のときは、お電話を下されば取りにうかがいます」

若者が立ち去ると、私はデスクの上にテープを出した。ベータのテープが三本入っている。ケースにはいずれも、ワードプロセッサで打ったクレジットが入っている。

「北原ちさと、未公開CF、政府広報」

私はケースからテープを出した。テープ本体には何も書かれていない。ベータのデッキにテープを入れ、テレビのスイッチをオンにした。

何も映らない状態がしばらくつづいた。やがてクレジットが出た。

「政府広報・特別・B」

「制作・電広」

すぐに画面が乱れた。明らかに消し損《そこ》なったか、荒いできのコピーだとわかる画像だった。その両方かもしれない。

私はテープを早送りにした。時間にしてかなりの量だ。六十秒は送ったろう。

不意に画《え》が現われた。

それは、ひと目でスタジオとわかるセットだった。黄色の壁を背に、北原ちさとがバストアップで映っている。

「……地下街も効果があります……」

画が乱れる。

「……水にも充分の注意を払って下さい。水源がひば……」

再び画が乱れた。

「……自動車の使用はすべて禁止されます。自動車は道路の端に寄せてとめ、ロックをせず、キイを残したまま、速《すみ》やかに離れて下さい。その後は政府発表に注意し、自衛隊員の指示に従って、慌てず、安全な行動をとって下さい」

北原ちさとはそこで微笑んだ。あの、暖かみのこもった笑いだった。

「被害の如何《いかん》にかかわらず、ただちに適切な処置が施《ほどこ》されます。尚、非常本部として、救急医療、ならびに通信設備が設置されるのは、以下の地点です……」

画面は再び乱れた。しかし一瞬だが、東京都の地図が浮かぶのを私は見た。

画像はそれきり立ち直ることなく終わった。

見終わってから私はしばらく煙草を吹かしていた。これが平時の広報でないことは確かだ。時間が長過ぎる。

テープを巻き戻すと、もう一度再生した。今度は早送りせずに時間をはかった。

クレジットから東京都の地図が浮かぶまで三分は経過している。

村瀬のいったことは当たっていたな、と感じた。これは災害時用のテープだ。おそらく緊急放送として幾度もくり返し流すために作られたのだろう。

なぜ北原ちさとを使ったのか。私はぼんやりと考えていた。

局のアナウンサーでも政府の広報官僚でもよかったのだ。

思い当たるとすれば、知らぬ顔より知った顔を使った方が、国民に動揺を与えずにすむという配慮だ。だが、国営放送がある。国営放送のアナウンサーに対する国民の信頼度は高い。女性が適当なら、国営放送の女性アナウンサーを使ってもよかった筈《はず》だ。

なぜタレントで、なぜ民間の広告代理店の制作なのだろうか。

私はもう一度プレイバックした。

背景に変わったものはない。清潔感のある黄色の壁で、ことさらに注目を惹《ひ》いたり、緊張感を高める要素は何もない。

「……地下街も効果があります……」

地震ではない。緊急事態をひきおこすような大型地震であれば、むしろ地下街は安全な場所とは思えない。しかも「効果がある」という表現は——。

私はすわり直した。ますます村瀬の言葉が当たっていたことを思い知った。

「……水にも充分の注意を払って下さい。水源がひばい……」

このひばいは、放射能汚染の被曝を意味しているのではないだろうか。

核攻撃を受けた場合に流される、緊急放送用テープ。私が目にしているのは、それではないのか。

そういったものが存在することに対しては、ことさら驚くには当たらない。準備をしていない方がむしろおかしいのだ。

そう思った。

だが民間の広告代理店に作らせたのはなぜなのか。広告代理店に制作させるメリットは何か。垢《あか》ぬけした、洗練された広告を作りあげることだ。

情報の伝播《でんぱ》効率のよさにおいて、巨大広告代理店が制作したコマーシャルにまさるものはない。決められた量の情報を、洗練され、かつ印象的に視聴者の記憶に植えつけるのは、コマーシャルの威力である。

まずいものをおいしいと感じさせ、みにくいものを美しいと見させる力が、秀れたコマーシャルにはある。コマーシャルはあくまでもコマーシャルであって、商品の価値には何ら関係がないことを、ついには人は忘れる。

しかし、災害時の緊急放送テープに、そのような威力が必要なのだろうか。確かに国営放送のアナウンサーの、威厳をまとった硬質の笑顔よりは、北原ちさとの「国民のスマイル」と呼ばれた、暖かみのある笑顔の方が、見る側には安堵をもたらすかもしれない。だが、あくまでも笑みでしかない。事態を好転させるには、何の効力もないのだ。

奇妙なテープだった。

何のために、このようなテープを作ったのか。

どれほど考えても、それらしい解答は思い浮かばなかった。「制作する意味のないテープ」、そうとしか思えないのだ。あるいは、パイロット版として、政府の誰かが試作させたのかもしれない。

「電広」の内部では笑い話の種になっている、そんな作品かもしれなかった。それならば「電広」のスタッフに訊けば、わかるにちがいない。私は思い直して、テープをしまいこんだ。今日中にやっておかなければならない仕事がまだあったのだ。

「安定してますね。十八番《おはこ》といった感じですよ」

井川がシルバージッポの蓋を鳴らして頷いた。「電広」の青山ビル一階にある応接室だった。ついたてによって幾つもの部屋に仕切られている。

井川や管も、普段は青山ビルの方にいるのだった。原稿の受け渡しは青山ビルで行い、それをクライアントとの打ち合わせに井川が持っていく。ＯＫが出れば、神保町ビルでの制作に入るのだ。

「スポットにはちょっともったいないような原稿ですね」

管が井川から回った原稿に目を通していった。今日はふたりともコーデュロイのパンツを着けている。細身の管よりも、井川の方が似合う。

「佐伯さんだからさ。怒られるかもしれないけど、このパターンならどれだけでも作れるのじゃないかな」

「飽きてきた？」

私の問いに井川は首を振った。

「そんな。少しずつ雰囲気は変えて、底にあるパターンは同じ——それが一番ですよ。これはお預りします」

「クライアントも即ＯＫじゃないですか」

管があいづちを打った。

「単価が安いんで申しわけないです。このところ制作費の締めつけがどこもきついんですよ」

「まあそれでいいのじゃないですか。なまじ高いものをいわれたら、肩に力が入って駄目かもしれない」

「それはないでしょう」

「ところで」

私はいった。

「この前、妙なＣＦの話を聞いたよ。おたくで作った、災害時用の政府広報があるんですって？」

「災害時用ですか？」

井川は煙草に火をつけた。

「そう。北原ちさとっていたでしょ」

「前にエアコンだったかな。やりましたよね、一緒に」

私は頷いた。

「彼女が出てるんだ。大地震だか、核攻撃を受けたときの緊急放送用だって」

「フィルムですか？」

「らしい」

「電広」の内部から流れたものとすれば、知らずに誰かの首を締めることになるかもしれない――私は断定をさけた。

「あくまでも噂《うわさ》だけど、訊いたことある？」

「北原ちさとちゃんは――、あのエアコンだけだったのじゃないかな。うちじゃ」

井川は首をひねって、管を見た。

「いや、僕は知らないですよ。だって北原ちさとって昔の人でしょ。あの『国民のスマイル』とかいわれた……」

管は手を振った。

「うちの制作だったんですか？」

「『電広』って出てたっていうんだ。ことによると、よそかもしれない。代理店といえば『電広』だからね」

「いや、下請けで作らせても、うちのクレジットを入れたりはしますけどね。佐伯さんは御覧になったんですか、それを」

「見てはいない、話だけ。北原ちさとだったっていうから、あれれと思ったんだ」

「佐伯さん、気にいっていましたもんね。あの子、そういえばどうしちゃったのかな……」

「聞いてない？」

「ええ」

私は口をつぐんだ。この目で見たわけでもないのに、赤坂で店をやっている、という話は憚《はばか》られた。

「てっきり佐伯さんの方が親しくなったと思ってましたよ」

「あれ、佐伯さん、ああいうの好みなんですか」

管が驚いたようにいった。

「あがっちゃってね、佐伯さん。あのときは、らしくないって散々からかわれてた」

あがっていたわけではないだろう。ただ周囲にそう騒がれ、接しづらくなっていたことは確かだ。

「へえ。知らなかったな」

管は口元をほころばせた。

「もうあんな佐伯さんを見ることはないな。北原ちさとにそっくりのタイプでも出てくれば別だな」

「佐伯さんて家庭的なタイプが好みだったんですね。意外だな」

「家庭的なタイプ?」

「だって何か、お姉さんとか、ちょっと若いけどお母さん、ってタイプでしょ、北原ちさとは」

管から見れば年上だ、そうなるかもしれない。私は苦笑した。

「彼女がそうですよ、とか、そうしなさい、っていったら何となくしなきゃいけないような気がしません?」

「そういう意味では貴重な個性のあるタレントだったな」

井川が同意した。

「どうして売れなくなっちゃったのかな」

私は呟くようにいった。

「売れなくなったというよりは、ほとんど自分から引退したような話を聞きましたよ。所属していた事務所をやめて、マネージャーを持たず、フリーになったって……」

「それじゃ引退と同じですよ」

話題は芸能人の引退話にずれていった。井川も管もあのフィルムについては本当に知らないようだ。

ビデオのことはともかく、北原ちさとに会ってみたい――私は思った。「セントエルモ」という店を捜せば、そして訪ねることができれば、それがかなう。

以前とはちがった形でつきあえるかもしれなかった。

「セントエルモ」の名は、電話帳に出ていた。その晩、一度自宅に戻った私は、調べた番号に電話をかけ、所在を確かめた上で、赤坂に出かけていった。電話にはボーイと覚《おぼ》しき男の声が出、私は名乗らなかった。

タクシーに乗っているあいだ中、ネクタイをいじっていた。年に十回と身につけぬせいか、おさまっているかどうか気になるのだ。こんなに落ちつかぬ気持になるぐらいなら、初めから締めなければよかったと後悔した。

赤坂見附《あかさかみつけ》で車を降りると、縦横に走る小路を歩き出した。財布《さいふ》の中には、クレジットカードの他に、かなりの現金を用意していた。

会員制とはいえ、いきなり追い出されることはないだろう。

看板を、教えられたビルの五階に見つけた。エレベーターに乗りこむ。比較的大きな店のようだ。ビルのフロアの半分を占めている。小さな店でひっそりとやっている、と想像していた私は、少々心細くなった。村瀬を誘うべきだったかもしれない。二重のぬけがけだと怒り、もし私が門前払いをくわされれば溜飲《りゅういん》を下げるだろう。

扉は分厚い樫《かし》の板で、真ちゅうの「会員制」というプレートが下がっている。ノブを引いた。

「いらっしゃいませ」

入口のところにふたりのボーイが詰めていて、頭を下げた。コートに手をのばす。

「お預かりいたします」

いきなり誰何《すいか》されぬことに、私はほっとしていた。

「こちらへ」

店内を案内され、想像以上に豪華な店であることを知った。厚い花柄のカーペットに、レンガを組んだ壁があり、くすんだ色調の油絵がかかっている。テーブルは、こうした店としては異様なほど間隔をとって据えられていた。黒檀《こくたん》のような材質だ。

隅の金華山のソファに腰をおろした。

レンガ壁に二台のオープンリールデッキがはめこまれ、ソフトなピアノソロを流していた。スポットライトがテーブルの表面を輝かせる他は、照明がない。

「メンバー様でいらっしゃいますか？」

ボーイが床に膝をつき、訊ねた。

「いや。なりたいと思っている。ここのママの知りあいなのだが……」

「承知いたしました。お待ち下さい」

ボーイが立ち去り、とりあえずといった形で、封を切っていないスコッチウイスキーのボトルとアイスペールが届けられた。

別のボーイが現われ、私に訊ねた上で水割りをこしらえた。

煙草に火をつけ、グラスの中味を口に運んだ。

店の入りは六分といったところだ。女の子は各席に二人程度ずつついている。どの子も洗練され、若い。モデルか、その卵といった感じだ。客は、見る限りでは上質のようだ。

私のように、ひと目でサラリーマンではないとわかっても、たいていは医師や弁護士のような裕福な雰囲気を持っている。自分がひどく場ちがいなところに来てしまったような気がした。

「お待たせしました」

勇を鼓《こ》すためのふた口目の水割りを含んでいると、北原ちさとが現われた。上品なグレイのスーツに白いブラウスをのぞかせている。年を経たぶん、痩せたようだ。それだけ女らしさが増していた。口元と目元に、以前は感じなかった強い色気を感じた。長い髪を肩の片側に寄せている。

「久しぶりです」

私はいった。一瞬の間で彼女は思い出した。

「佐伯さん！　お久しぶりです」

嬉しそうな笑顔が広がった。その暖かみは少しも失われてはいなかった。

「まあ……でもどうして?!」

私の隣に腰をおろした。

「噂を聞いて。君がお店をやっているという」

「それで？　嬉しい」

本当に嬉しそうに見えた。

「わたし、前の仕事の関係の方には、誰方《どなた》にも御連絡していなかったんです。本当は会いたい人がいたのに」

ボーイを呼び止めた。

「ねえ、お願い。わたしのお酒持ってきて」

ヘネシーのX・Oが運ばれてきた。封は切られていない。

「これは、わたしから、来て下さったお礼。本当にお会いしたかったんですよ」

「入会金を払おうと思って来たんだ」

「ありがとう。でも今日はいいの。わたし、佐伯さんに御馳走していただいたでしょ。そのお礼」

「しかし……」

「次からは普通のお酒にして。でもこれがなくなるまでは、お願い」

彼女は手を合わせた。

「じゃあ、好意に甘えよう」

「よかった。お元気でした？」

「変わっていない」

「家族構成も？」

私は微笑した。

「あいかわらず、ひとりだ」

「そういえばお料理が上手だとおっしゃっていたわ。御馳走して下さい、ってお願いしたの覚えてる？」

「忘れていた」

「したのよ！　佐伯さんはクールで。お酒を飲んでいても、ちっとも変わらなかったわ」

「気どったんだ。一生懸命ね」

「そんな風に見えなかった。恐そうだった。どうしてわたしを飲みに連れていってくれたんだろって、わたしずっと考えてたわ。あの晩」

「飲みたくなかったのかい？」

首をふった。

「嬉しかったわ。でも恐かったの、佐伯さんが。スタジオにいるときとちっとも変わらなくて」

「君をいじめたかな」

「いいえ。でもディレクターやクライアントの人より恐そうだった。自分の作品をすごく大事にしてるって感じたの。そういう人って少ないところだったから」

「………」

「結婚しちゃったろうな、って思ってた」

「恐怖症のようなんだ」

「佐伯さんが?」

頷いた。

「いっぱいいるんでしょ」

「そう、でもない」

北原ちさとは笑った。

「いることはいる、って顔ね」

「素敵な店だ。気後れしたよ」

笑顔が大きくなった。

「へたね、話をそらすのが」

溜息をついた。村瀬のようにはいかない。

「時間、あるんでしょう？」

私の目をのぞきこんだ。

「ある」

「じゃあ最後までいて」

「木に昇るか」

「なあに？　自分を豚だっていうの？」

ブウブウ。鳴いてみせた。

「厭《いや》ね。待ってて下さい」

私の膝をゆすった。急に娘のようなあどけなささを感じた。

「豚ですら、だな」

「おだてているわけじゃないわ」

「わかった。待とう」

「よかった」

立ち上がった。頷いて、他の席に歩いていった。風格といった点ではまだかもしれない。

だが魅力がそれを補って余りあるな、と思った。

やがて二十《はたち》そこそこの女の子が席についた。甘ったれた喋り方はしない、女子大生だった。

髪が短く、スカートの丈も短い。

その子が十二時近くまで、はきはきとした受け応えと、飽くなき好奇心で私を退屈させなかった。

北原ちさとが現われ、彼女に微笑んだ。

「帰っていいわ」

「はい。御馳走様でした、おやすみなさい」

私に深く頭を下げ、立ち去った。

「どきどきしちゃった」

私の隣に戻ると、北原ちさとはいった。

「いつもは、時計を気にしちゃいけないってあの子たちにいってるのに、今日は自分が気になっちゃって」

「ママ、か……」

「とてもそんな器量じゃないの」

私は彼女の横顔を見た。口調には、どこか好きで始めたわけではないような翳りがあった。

「しかし従業員の信頼は厚いよ」

「一生懸命やってるから。たいして年がちがわないもの。わたしが一生懸命やらなければつ
いてきてはくれないわ」

「えー、いくつ、になった？」

「二十九」

「三十三」

「二十代だったのね、佐伯さん」

「今の君より若かった」

「すごく大人に見えた。わたしは、あの頃よりもっと子供になった」

「……？」

「あの頃は大人びようとしていたから。今は、もっとわがままにしてる」

「たとえば？」

「お店は二時までだけれど、今日は一時であがるとか」

私は彼女を見つめた。こっくりと首をかしげ、北原ちさとは暖かな笑みを見せた。

「飲みにいくの。佐伯さんが恐くなくなったから」

彼女の希望で、五年前に連れていった、ホテルのバーラウンジで飲んだ。静けさが最大の取り柄の店だ。

彼女が酒に強い体質であることを知った。ふたりきりになってから、かなりの量を口にしたにもかかわらず、変化を見せなかった。

話題のほとんどが、知りあった当時の思い出だった。芸能界を懐かしんではいる。しかし戻ろうという気はまったくないようだった。

彼女がなぜやめ、そしてどのようにしてあの店をオープンしたかについては、私は質問を避けた。彼女ひとりの力であの「セントエルモ」を開店できた筈がない。

バーラウンジが閉まる時間になった。ウエイターが持ってきた勘定書に金を載せ、立ち上がると、北原ちさとがごく自然にいった。

「泊まっていきましょ」


「強引だった？」

体を離し、寝返りをうった北原ちさとが訊ねた。

「なにが？」

「わたしのやり方。一方的に飲みに誘い、一方的に泊まろうって誘ったから」

薄いレースのカーテンをひいた窓から、明滅する高層ビルの明りが見えた。空調の唸りにしばらく耳をすませ、答えた。

「新入会員の特典だとは思っていないよ」

「意地悪ね」

私の背中に爪をたてた。長くのばし、きれいにマニキュアを塗っていた。五年前は、マニキュアはともかく爪はのばしていなかった。

「俺も会いたいなと思ったんだ」

「ずっと思っていてくれたの？」

「少しは。それにきっかけもあった」

「きっかけ？」

「君が出てるフィルムを見たんだ」

「なあに？　歌番組？」

「いやＣＦだった。政府広報」

北原ちさとが起きあがった。髪をかきあげ、私を見すえた。私は下から形のよい乳房に見とれた。

「どこで?!」

突然、激しい口調で訊ねた。顔がこわばっていた。

「どうしたんだ？」

「どこで見たの？　わたしが出た政府広報を」

「貸しビデオ。古いコマーシャルやテレビ番組をリースしている」

「うそ。そんなのないわ」

「ないわって？」

「そんなＣＦに出てはいないわ」

「君だった」

「嘘よ！　わたしじゃないわ。どうしてそんなことをいうの？」

今にも殴りかからんばかりの勢いだった。私は思わず起きあがった。

「どうした、いったい」

「離して！」

腕にかけた私の手をふりほどいた。

「何だっていうんだ。何を怒っている？」

北原ちさとは私に背中を向けた。顎をひき、宙を見つめた。

「わたしは、そんなフィルムには出ていません。あなたは人ちがいをしたのよ」

「……俺がまちがえるわけない」

「まちがえたのよ！　あなたはわたしじゃない誰かのことをいってる。わたしは知りません」

私はベッドを降りた。半周し、彼女の前に立った。

ひどく思い詰めた顔を、北原ちさとはしていた。無言で見つめた。

おびえていた。暗がりでも、彼女の顔から血の気がひいていることがわかった。大きく息を吸おうとし、唇を震わせた。

「幽霊を見たのか、俺は」

「そうよ」

私には目もくれず、ぽつりといった。私はライティングテーブルの前の椅子にかけ、煙草をひきよせた。素肌がテーブルの冷たい表面に触れ、不意に寒さを感じた。

「忘れて」

北原ちさとはいった。

「お願い、忘れて。どんなテープを見たのかは知らないけど、忘れて」

「画像のほとんどは荒れていた。君が出てきて、地下街に――」

「聞きたくないわ」

北原ちさとは首を振った。その仕草に、一瞬私はむきになった。

「政府広報の特別〝B〟といった」

「〝B〟!?」

彼女が私を振り向いた。

「あなたが見たのは〝B〟なの?」

「どういうことなんだ、答えたまえ」

「できないわ」

私は息を吸いこんだ。

「恐がっているな。あのテープがそんなに重要なのか」

「重要な筈ないわ。わたしが出てもいないのに」

「ではなぜ〝B〟であることを気にした」

「佐伯さんには関係ない！」

北原ちさとは叫ぶようにいって立ち上がった。椅子の背にかけていた下着をとると、手早く身につける。

「待てよ」

「帰ります」

「何を怒っているんだ。久しぶりに会えたのに」

もどかしげにブラジャーのホックをかける姿を、私はいいようのない焦《あせ》りにかられながら見つめていた。先刻までの情熱や優しさをほんのわずかすら感じさせないほどの変化だった。

「やっぱり……佐伯さんて恐い人だったわ」

ストッキングをつけ、ブラウスに袖《そで》を通した。スカートをはくと、足早にバスルームに入った。

「君に何か迷惑をかけたのか？　ならばあやまろう」

「そんなんじゃないわ」

眩しい光に目を細めながら、北原ちさとは化粧を直していた。

「説明してくれ。納得できない」

「あなたには納得の問題。でもわたしにはちがうわ」

「君は〝B〟であることを気にした、なぜだ？」

「帰るわ」

バスルームから出てくると、上衣《うわぎ》を取りあげた。

「おやすみなさい」

「ちょっと待てよ」

「お願いです。もう二度とわたしの前に来ないで」

とりつくしまもなかった。ドアを開け、足早に出ていく。足音は途中で駆け足に変わった。

私は呆然となって、ベッドに腰をおろした。手にしたまま、火をつける暇もなかった煙草を床に投げつけた。

「なんだっていうんだ！」

思わず声が出た。新たな煙草に火をつけ、備えつけの冷蔵庫から缶ビールを出した。喉に流しこみ、大きく息を吐いた。世界中を罵《ののし》ってやりたい気分だった。久しぶりに会い、すべてがそれこそ夢のようにうまくいった。そして突然――この始末だ。これでは抱くどころか、会わない方がよほどマシではなかったか。

煙草を吸い、ビールを飲み、煙草を吸い、ビールを飲んだ。缶が空になると、少しだけ落ちついた。

彼女は私個人に対し、怒ったのではない。それは確信できた。仮りに——嘘に決まってはいるが——彼女とは別人が出ているビデオを見て、彼女と思いこんだ私がそれを会うきっかけにしたとしても、あれほど怒る理由にはならない筈だ。

怒りは恐怖から来たのだ。見せてはいけないもの、見られてはいけないものを見られ、そのあとの事態を恐れた気持から生まれたのだ。

あのフィルムはそれほど重要なものなのだろうか。

——〝B〟?! あなたが見たのは〝B〟なの?

言葉は、彼女が出た政府広報が他にもあることを意味している。

私はビデオの冒頭にあったクレジットの意味までは、深く考えていなかった。〝B〟はおそらくABCの〝B〟だろう。〝BOMB〟の略と考える方法もあるが、核攻撃を、単なる〝B〟でかたづける筈はない。

つまり、〝B〟があるからには、〝A〟は勿論《もちろん》、〝C〟もあるかもしれない、ということだ。

——〝B〟なの? という言葉には、わずかだが安堵の気配がこもっていた。見られたことはショックだが、最悪ではなかったという雰囲気だ。

その〝最悪〟を見られることへの恐怖が、北原ちさとを変えたのだ。

何があるのか。私は彼女をおびえさせた理由に強い興味を感じた。

翌朝、私は、早目にホテルをチェックアウトした。前夜のうちに帰らなかったのは、あるいは北原ちさとが気持を変えて、電話をするなり、戻ってくるなりするかもしれないと思ったからだ。

タクシーで十五分足らずのアパートに帰りつくと、手早くコンビーフハッシュを焼き、茹《ゆ》で卵と共に、テレビの前に運んだ。

あのビデオを再生する。

「政府広報、特別、B」

「制作、電広」

クレジットだけで五回は見た。〝A〟や〝C〟の存在を感じさせるものはない。といって、感じさせぬものもない。

本篇に入った。

核攻撃を受けた際の放送用であることは確かだ。あってもおかしくないものだ。

奇妙である点はどこか。

「電広」に作らせ、タレントを出演させている点、そのタレントが存在をひどく恐れ、否定しようとしている点だ。

もし「電広」で作ったとすれば、「電広」のスタジオを使っている。当然、スタッフも何人かは立ち会っている筈だ。であれば、必ず誰かは知っている。

「電広」の神保町ビルに電話を入れた。

「録音の加藤さんを」

いいながら時計を見た。十時を過ぎたところだ。まだ出社していないかもしれない。

「……はい、加藤です」

どうやらスタジオに詰めていたようだ。間をおかず、彼が出た。

「佐伯です」

「あ、どうも。何か？」

「実はお願いがあるんですが、今、話していて平気ですか？」

「タレントさんが来ないんで、他の連中と待ち呆《まぼう》けくっているところですから、大丈夫」

「加藤さん、フィルムの方のスタッフとは……？」

「ええ、フィルムの方といったって、商品が同じなら、同じスタッフで作るわけですからある程度は知ってますよ。行き来もありますしね」

「おたくで作った『政府広報』のフィルムのことなんですが」

「はいはい」

「北原ちさとが出ているものが何本かあるんです。誰か手がけた人、わかりませんか」

「北原……ちさと……いつ頃です？」

「おそらくだいぶ前です、三、四年か、もっと前」

「スタジオの記録を調べれば、誰がいたかわかりますよ。いつまで？」

「急ぐわけじゃありませんから」

「じゃあ、明日いっぱいに連絡します」

「お願いします」

礼をいって電話を切った。録音エンジニアは几帳面《きちようめん》な性格の人間が多い。おそらくフィルムの方も同様だろう。何らかの形で必ず記録が見つかる筈だ。

その日は丸一日、部屋から一歩も出ずに過した。仕事がはかどったわけではなかった。自分が調べようとしていることが、北原ちさとに対しアンフェアな行為ではないかという気持が芽生《めば》えたのだ。これが単なるのぞき趣味ではないと自信を持つことができない。

時間がたてばたつほど、その思いは強まった。夕方、加奈子が電話をかけてきたときには、加藤に頼んだことを後悔すらし始めていた。

「夕食、外で食べませんか？」

妙によそよそしい声だった。

「行ってもいいが……」

「きのうは大分、遅かったようですね」

「ああ」

「帰ったのは何時頃？」

「友人の家で潰れた。朝だったよ」

「そう」

素っけなくいった。本当はどの友人だか訊きたくて仕方がないのをこらえている気配が伝わってくる。

「どうします？」

「六本木かね」

「できれば」

二十四時間のうちに二人も、怒った女の相手をするのはつらいな、と思った。ただし加奈子の場合は、こちらの方がいささか分が悪い。

「ではいつものように角の本屋で待ちあわせよう。これから出ていく」

「わかりました」

加奈子の住居は広尾《ひろお》にある。ほぼ同時刻か、向こうの方が少し早く着くだろう。

食事をしているあいだ、加奈子はほとんど口をきかなかった。まだ私を責める材料に不足しているのだ。きっかけを与えぬよう、私も慎重に、口を開くのは食物を運ぶときのみにとどめた。

「たくさん飲んだの？」

食後のコーヒーを飲んでいると、加奈子が訊ねた。

「量はそれほどでもなかった。が、疲れてね」

「だったら早く帰ってくればいいのに」

そろそろ来るぞと身構えた。

「離してくれなかった。こっちはサラリーマンとちがって楽な身分だと相手が思っている」

「いえばいいのに」

「向こうだけが望んだんじゃないよ」

これは真実だ。

「でも疲れているなら、別の日にすればよかったのに」

「もう一度〝のに〟をいったら『うるさくいわなければよかったのに』と思うぞ」

「おどかす気？」

「許しを乞《こ》うてるんだ。泣きだしてからじゃ遅いだろ」

加奈子は半《なか》ばふくれ面で息を吐いた。

「仕方ないわ。監視しているわけにいかないものね」

どうやら不発で処理することに成功しそうだった。

「そろそろ行かないと遅れるぞ」

「あとで来る？」

「どうかな、もう酒は飲める感じじゃない」

すぼみかけた頰が、またふくらんだ。

「そっちの部屋の方へ行くよ」

「わかったわ。鍵、渡しておきましょうか」

「いや、店を出るときに電話をしてみてくれ」

「いるかしら」

「いる」

「いてね」

笑って立ち上がった。レストランを出、「レイ」に向かう加奈子と別れ、六本木を歩いた。多少は気がまぎれていた。のんびりとバスに乗り、部屋に帰った。

鍵を開け、中に入ったとき妙な気分を味わった。人がそこにいたような、自分以外の誰かが今までいたような、そんな感覚があったのだ。

あたりを見回した。何の変化もない。書きかけの原稿も、机にしまってある現金もそのままだった。

なにげなくテレビの前にすわり、スイッチを入れた。何も映らない画面が出た。

「2」のチャンネル表示が浮かんでいる。煙草に出した手が止まった。加奈子からの電話をもらう少し前、民放のニュースを見ていた。チャンネルは「2」ではない状態でスイッチを切った筈だ。「2」はビデオを見るときにしか使わない。

ビデオデッキのテープを調べた。あのビデオはそのまま、デッキの中に入っている。見終わったときの状態で、荒れた画《え》の部分で止まっていた。

巻き戻した。初めから映す。映像には変化はなかった。そのままだ。北原ちさとが映っている。

気のせいだろうか。その筈はない。とすると――。

誰かが、留守中にこの部屋に入り、ビデオを見たのだ。

誰が。

北原ちさとのおびえを思い出した。テレビの前を離れ、窓辺に立った。二階の窓から見おろす桜田《さくらだ》通りを車が疾走している。ヘッドライトの流れを見ながら、私は奇妙な不安にとらわれていた。

加奈子と遅い朝食を摂り、本屋に寄って帰ってくると電話が鳴っていた。

「……井川です」

「珍しい。原稿の約束、あったっけ」

「いえ――」

井川の声が沈んでいた。

「どうしたの？」

「佐伯さん、漫画の原作もやってらっしゃいましたよね」

「やってますよ」

「作品は、アクション物、ですか？」

「そう」

井川は「佐瀬秀治」が連載している、ふたつの誌名と作品名を口にした。

「そう、それです」

「実は、大変に、申しあげにくいことなんですが……佐伯さんの作品がですね、アクション、というか戦争や殺人を扱っていることが問題になりまして」

「クライアントに？」

「というか、上の方で」

「上の方って、おたくの」

「ええ。正直いって、突然で、僕の方も上が何考えているのかわからないんですが……とにかく自粛、ということで、佐伯さんの作品を使わせていただくことができなくなったんです」

「全部？」

「はい」

「どうしてかな。会った方がいいようですね」

「ええ。何しろ、このあいだのものも含め、いただいた作品には稿料はお払いさせていただきます。ただ今後のことについては……」

「とにかく会いましょう」

一時間後に彼と会った。彼は希望して、私のアパートの近くまでやってきた。電話で告げたのとほぼ同じ内容をくり返した。

「上の方って、どの辺かな」

「本当の上の上の方のようです」

井川は弱りきっていた。七年間のつながりを一方的に打ち切るという通告をする立場なのだ。私はむしろ彼には同情を感じた。

「じゃあいきなり上から？」

「ええ。だいぶいったんですが、僕の上のそのまた上の上といった具合でどうにも届かなくて。すいません」

井川は頭を下げた。大きな体を置き場がないように縮めている。

「もういいですよ。井川さんの責任じゃない」

「ええ。でもね……」

「だったらひとつだけ教えてくれませんか。俺の出入り禁止命令を出したと思われる、張本人の名を」

「…………」

「大丈夫。別に怒り狂って殴りこんだりはしないから。ただ知りたいだけ。井川さんには誓って迷惑はかけない」

井川は迷っているようだった。ジッポの蓋をいじりながらしばらく考えていた。だが、いった。

「藤城《ふじしろ》という常務だと思います」

「藤城さん……」

名前は知っていた。東大出身で最年少の常務、切れ者中の切れ者という噂だ。一流官僚への道を蹴って、代理店に進んだといわれている。

半ば後悔をしているような井川にいった。

「ありがとう。お礼ついでに忠告をしておきます。このあいだの話、北原ちさとの政府広報のこと、社内ではあまり口にしない方がいいかもしれない」

井川は驚いたようだ。

「なぜです？」

「なぜかはわからないけど、僕が切られたのも、そのタブーに触れたからじゃないかな」

井川と別れ、部屋に戻ると「電広」に電話をした。加藤にかけ、もし未調査ならやめさせるつもりだった。知らずにパンドラの匣《はこ》を開けさせるわけにはいかない。

しかし、加藤はつかまらなかった。交換手までが、私の名を聞くと、よそよそしくなったような気がした。

第二の電話は、北原ちさとからかかってきた。

「わたしです」

名乗ったのち、しばらく黙っていた。

「あの……おとといのことあやまりたくて」

「あやまらなくてもいい。ただひどくとり乱していたから、心配をしていた」

「すみませんでした。……会っていただけますか？」

「——喜んで」

「よかった。それじゃ、晩ご飯を作ります。わたしの部屋に、来ていただけます？」

「君の部屋に？」

「ええ。佐伯さんのおうちととても近いんです。白金《しろかね》だから」

「でもお店は？」

「おとといのことが気になって……。休むことにしたの。初めての欠勤よ」

「何時にうかがえばいい？」

「六時では？」

時計を見た。二時を過ぎたところだ。

「わかった。場所を——」

住所と電話番号を聞いた上で切った。嘘がうまい女ではない。一昨夜私は、彼女に、自分の住居がどこにあるかを話してはいない。教えたのは電話番号だけだ。五年前はここではなく、四谷《よつや》三丁目に住んでいた。

きのうの晩、私の部屋に入りビデオを見た者が誰にせよ、北原ちさととつながりがある人物なのだ。その人物が「電広」に圧力をかけ、私を切った。あるいは、藤城という常務本人なのかもしれない。

いったい何を慌てて隠そうとしているのか。あのビデオの存在すべてを消そうとするなら、昨夜盗み出すことも可能だった筈だ。

彼らが恐れているのは、あのビデオではない——そんな気がした。何か別の、決して表に流れ出てはならないものなのだ。

落ちつかぬままに机の前に戻った。書きかけの原稿がのっている。気持をそちらに向けようと試みて、それが来月渡しの分の「電広」の仕事だと気づいた。荒々しく頁を破りとった。「電広」の仕事を干されるということは、収入の半減を意味する。すぐには困らないが、じわじわときいてくるだろう。「電広」の他にも代理店はある。待っていれば、そこから口がかかる可能性はあった。

だが、圧力をかけた人間が「電広」の外部にいるとしたら。

煙草に手をのばした。私を切ることそのものは、たいして難しい問題ではない。だが外から「電広」の役員に圧力をかけるのは、かなり困難である。それだけの力を持つ人間なら

「電広」以外の代理店をおどすのも簡単にできる。

つまり私を徹底的に「干す」ということだ。フィルターをかみしめた。理不尽《りふじん》だ、という気がした。私は誰も傷つけてはいない。興味を抱いただけだ。

ドアチャイムが鳴った。とびあがりそうになった。強い不安にかられ、出ないでおこうかと思った。

自分に腹がたった。何をおびえているのだ。相手はやくざや殺人鬼ではない。

立ち上がり、ドアのレンズをのぞいた。

村瀬だった。

「外回りで近くを通ったんだ。さぼる場所を考えてな……」

入ってきて笑った。

「どうした、妙な顔してるじゃないか。彼女と喧嘩したのか」

「そうじゃない」

そもそもの発端は、村瀬からビデオの存在を聞いたことにあった。そう思うと、妙に恨めしい気持になった。

村瀬はキッチンに入った。私のアパートは古いが外国人の設計で、各室がドアで――キッチンも――区切られている。村瀬はコーヒーを勝手に注ぎ、キッチンから出てきた。

「すわれよ」

「なんだよ」

向かいあい、彼に話した。ビデオを見せ、あったことをすべて話した。話し終えたとき、村瀬は奇妙な表情を浮かべていた。それは恐れではなく、不可解と表現するのがぴったりの顔だった。彼が入ってきたとき、おそらく自分もあのような表情を浮かべていたのだろうと思った。

「変な話だな」

「えらく変な話さ」

村瀬は深呼吸して煙草に火をつけた。

「お前が漫画の原作をやっていることを、向こうも知らなかったわけじゃあるまい？」

「もちろんだ。今さら問題にすることじゃない。第一、名前がちがう。ＣＭの仕事は名なしだ。漫画の仕事はペンネーム、一般の聴取者にわかる筈がない」

「北原ちさとがおびえたというのはまちがいないか」

「ひどくな。まるで知られたくない過去をあばかれた、という顔をしていたよ」

「たいしたことではないような気もするが、お前が切られたのは事実だしな」

「触れてはいけないものに触れた、そんな感じさ」

「このビデオがな……」

村瀬はビデオデッキのリモートコントローラーを手で弄《もてあそ》んだ。

「で、北原ちさとには会いにいくのか」

「行く」

「どうも罠《わな》くさいな」

「罠？」

「佐伯の話を総合するとだな、今になって和解を申し入れてくるのは妙な話じゃないか。こいつは俺の勘だが、北原ちさとは、別の目的があってお前に会うのじゃないか」

「それは俺も思った、だが俺を消すつもりではないだろう」

「それはいくら何でも大袈裟すぎる」

村瀬は首を振った。

「おそらく、お前がどの程度、このテープについて調べたのかを知りたいのだろう」

「彼女ひとりの知恵だと思うか」

「ちがうな」

私は頷いた。北原ちさとは誰かにいわれたのだ。命じられたのかもしれない。

「誰だと思う？」

私は訊ねた。それで村瀬には通じた。

「わからん。藤城という常務か、あるいは――」

「あるいは？」

「政府広報だ。役人がからんでいるかもしれん」

「役人か」

「政府の誰かがこれを作らせたのだとしても、おそらく秘密にしてあった筈だ。そうでなければ、とっくに存在が知れ渡っていておかしくない。政府の中でも、ごく一部の人間しか知らないものだったわけだ」

「それが流れ出していたので慌てている？」

「だけじゃないな」

「〝B〟ではない何かか」

「そうだ。核攻撃を受けたときの避難命令やら対策事項なんてのは、別に作らせておいてあったとしても、さして問題にするようなものじゃない。秘密にしなくてはならないような、別のバージョンがあったからさ。……いや、あるから、といいかえた方がよいだろうな」

「何だろう」

村瀬は首を振り、いった。

「調べてみるか」

「しかしお前に――」

「ビデオ屋にあたってみるだけだ。『アロウVサービス』は俺も知りあいの紹介で入ったんだが、そいつは結構顔がきく。北原ちさとのテープの話もその男から聞いたんだ。そいつなら、何か訊き出せるだろう」

「何者なんだ？」

「ノミ屋さ、競馬の。表向きはスナックのマスターをやっている」

「わかった。何か出たらすぐに教えてくれ」

村瀬は頷き、腕時計を見た。

「おっと、お得意に絞られちまう。こうなれば、長村氏のところの連載、やる他ないな」

「悪いな」

「なに、どうせやるつもりだったんだ。少年物は当たりゃでかいからな」

村瀬は笑って手を振った。彼が出ていくと、不意に部屋が広くなったような気がした。あるいは単なる偶然の重なりかもしれない。自分で思い描いた怪物におびえる子供のようなもので、実際は何ひとつ起こりはしないことだってある——そう自分にいい聞かせた。

だが、何も知らずに開けた扉から、怪物が出てきて襲いかかられたとしたら……。

少なくとも、怪物の足跡を、私は見ている。

北原ちさとの住むマンションは、北里《きたざと》研究所に近い、豪華な建物だった。全館が白塗りで、ロビーのスペースもゆったりととってある。借りているとしたら、私と同世代の平均的なサラリーマンの給料がふきとんでしまうほどの家賃にちがいない。

オートロックシステムのインタホンに到着を告げると、内部に入る扉が開いた。

「エレベーターで六階に上がって下さい。降りて右の部屋です」

「セントエルモ」を訪ねたときに味わったのとは異質の緊張を感じながら、上がっていった。

エレベーターの音が聞こえたようだ。チャイムを押す前にドアが開けられた。

「ごめんなさい、お呼びたてして」

北原ちさとは、ざっくりしたVネックのセーターにキルティングのミニスカートを着けていた。化粧は、一昨夜に比べ薄い。髪をリボンで束ねている。

「まだ全部の仕度はできていないのだけれど、あがってビールでも飲んでいて」

ガラス張りの中扉をぬけ、リビングダイニングに案内された。清潔で調度も整っている。

値の張りそうなテーブルにタンブラーがふたつ並べられていた。

キッチンとは腰の高さのカウンターで隔てられている。

「何を作っている？」

「佐伯さん、お肉が好きでしょ、だからローストビーフを」

テーブルの中央には大きな木製のサラダボールがのっていた。緑の野菜の中に、オリーブやチーズが散っている。

北原ちさとはオーブントースターからガーリックトーストを出し、ビールの栓を抜いた。

「はい、どうぞ」

酌を受けながら彼女の顔を観察した。緊張の色は感じない。ビール壜《びん》を彼女の手から取った。

「じゃあ、君も」

「お部屋で飲むとすぐに酔ってしまうの」

そういいながらタンブラーを手にした。

あたり障りのない話をしながら、北原ちさとは料理をつづけた。

「ずっとビールでいい？　ワインもあるけれど」

「ワインは酔うんだ」

「じゃあ酔って」

開いたオーブンから振りかえり、私をすくうように見上げた。

「いくら近くても、這《は》っては帰れない。いや、帰れるかな」

「帰らなければいいわ。別におかしくないでしょ」

おろしたホースラディッシュとクレソンを皿につけあわせ、それを私の肩ごしに置いた。

胸のふくらみがのぞいた。下着をつけていない。

私は目をそらし、ビールを口に運んだ。

「できたわ」

手袋をつけ、北原ちさとはローストビーフをひき出した。大皿にのせた上でナイフを入れ、断面を私に見せた。

「これぐらい？　もう少し焼いた方がいい？」

「いや充分だ」

向かいあい、飲み物をワインにきりかえて食事を始めた。

「昔から料理が上手だった？」

「いいえ。タレントをやめて、しばらく何もしていない時期があったの。そのときに暇で、いろいろ覚えたわ」

「それからママになった」

「そう。でも仕事の話はよしましょ」

「どうして急に御馳走をしてくれる気になったんだい？」

「この前のこと、あやまりたかったから」

「………」

「ねえ、わたしにそっくりなんでしょ、佐伯さんが見たテープに出てた人」

「そっくりだ」

「誰かしら」

「俺は君だと思った」

「ちがうわ。でもわたしに双子の姉妹はいないし。見てみたいわね」

「そう？　じゃあ持ってきてあげればよかった」

「でも借りたものでしょう。わたしも借りるわ、どこで借りればいい？」

私はフォークをおろした。食欲がなえ、北原ちさとに対する同情の気持すら感じた。

「どうしたの？　おいしくなかった？」

「いや、とてもうまい。しかしきちんと話しあわなければいけないな」

私はいって彼女を見つめた。これ以上、演技を見ているのはつらかった。

「何を――」

「君は、俺からテープのことを訊き出したくて食事に誘った。料理はすばらしい、君もすごくきれいだ。それだけに……せつないな」

北原ちさとの顔がこわばった。うつむき、ナイフとフォークを離した。

「あのテープに出ていたのは君だ。君自身が、おとといの晩、それを認めた。〝B〟だったのか、と俺に訊いたろう。何が知りたいんだ？」

北原ちさとはじょじょに視線を上げた。

「あなたがどこでそのテープを手に入れたかを」

「教えよう。――ただし、俺も訊きたい」

「何を？」

「あのテープは一種類だけじゃないね。他にどんな内容のものがあるかを教えてくれ」

「それは――できないわ！　絶対に」

「なぜだ」

強くかぶりを振った。

「いえない、どんなことがあってもいえない」

「わかった。じゃあ誰が君に今の生活を与えた？」

鋭く私を見た。

「赤坂のあの店、このマンション。君ひとりの力では不可能だったろう？　大変に失礼ない
い方だが、あのテープと関係があるのではないか？」

「そうよ。これはギャラなの。わたしがあのテープのことを誰にも喋らず、死ぬまで胸の裡《うち》
におさめていく、それとひきかえに支払われたギャラなの」

「誰がそれを君に？」

私と北原ちさとは見つめあった。やがて彼女がいった。

「あなたが先よ」

「……『アロウVサービス』というもぐりの貸しビデオショップだ」

「電話番号は？」

「まずここまでだ。次は君の番だ」

「……………」

「いわなければ、情報交換は打ち切りだ」

「ひどい人ね」

「ひどい？」

「そうよ。芸能界から身をひいて、そのかわり手に入れたわたしの生活はこれで滅茶苦茶だわ」

「俺がしたのか」

「あなたよ。あなたが壊したのだわ」

涙が浮かんでいた。

私は煙草をとり出した。

「俺にも圧力があったよ。『電広』の仕事をすべて切るといわれた」

知らなかったようだ。驚いたように顔をひいた。

「当然の報《むく》いだと思うかい？」

「そんな、ことは……」

「教えてくれ、誰だ？」

北原ちさとは唇をかんだ。料理がのった皿を口惜しそうに見つめている。

「……乾《いぬい》さん……『電広』の」

「乾？　藤城ではないのか」

乾は、藤城とはまったく逆のタイプの人間だった。現場からの叩き上げで常務になった人物だ。風采《ふうさい》もあがらず、小柄でいつも貧相な雰囲気を漂わせている。長身でスマートな藤城と並ぶと、影が薄くなると、いつもいわれていた。年も藤城より上、藤城が四十代であるのに比べ、五十を過ぎて六十に近い筈だ。

「乾があのテープを作り、かわりに君にギャラを払ったというのか」

北原ちさとは頷いた。信じられなかった。藤城が、乾の名を使わせているのではないか——そんな気がした。

「乾ひとりかい？」

「今度はあなたの番よ」

低い声で北原ちさとはいった。

「わかった」

私は手帳を出し、電話番号を教えた。北原ちさとはそれを、カバーをかけられた電話機の横のメモに書きとった。

「最後の質問だ。政府広報のテープは何種類作られたんだ？」

「…………」

「ひとつではないな。〝A〟と〝B〟の二種類か、もっと多くか」

「それを知ってどうするの」

「どうもしない、ただ知りたい」

「後悔するわよ、佐伯さん」

「知らなければよかった、と?」

「ええ。絶対に後悔するわ」

「教えてくれ」

「三種類。〝A〟〝B〟〝C〟のみっつよ」

「内容は――?」

「駄目。どんなことがあっても教えることはできない。たとえ死んでも」

かたくなな表情だった。

「わかった。ありがとう」

私は椅子をうしろにひいた。北原ちさとは動かなかった。

「本当においしい料理だった。御馳走さま。こんな話になって……残念だ」

いい残して、私は部屋を出た。私がドアを開き、出て行こうとしても、北原ちさとは動く気配がなかった。ただじっと、冷えてしまった料理に、視線を落としていた。

その夜遅く、加藤から電話が入った。

「佐伯さん、どうも、何ともいえないことになっちゃって……」

「いや、こちらの方は仕方がないって、あきらめてます。それよりあなたに迷惑をかけてしまったのじゃないかと――」

「大丈夫ですよ。だってね、うちの記録には残ってなかったですから」

「残ってない」

「ええ、北原ちさとを使った政府広報のビデオ録りなんてやっちゃいないんです。もしやったのなら、必ず記録は残っていますから」

「スタジオの？」

「スタジオだけじゃなしに器材や人、全部です。早い話、ギャラの振り込みの問題もある。記録なんて何ひとつないんです。うちじゃなくて、どこか別で作ったのじゃないかな」

「下請けでも、クレジットに『電広』と入れることもある、といいましたね」

「ええ、ですがその場合は、うちの人間も立ちあっている筈です。でもフィルムの連中皆に訊いたけれど、そんな人間はいませんでしたよ」

私はそっと息を吸いこんだ。

「つまり、おたくで作った可能性はまったくない、と？」

「ええ、まあモノを見ていないんで、何ともいえないんですが、おそらくちがうのじゃないかな」

「………」

「もし『電広』というクレジットが入っているとしたら、偽物かもしれないな。本テープのケースや何か、見ました？」

「いや、それは」

「じゃあ確かめようもないわけだ」

加藤は唸った。

「なんでしたら僕が見ましょうか」

「いや、あなたに迷惑がかかるといけない」

「どうして？　大丈夫ですよ。訊いて回ったけれど、別に誰からも何もいわれませんでしたよ」

「それより、おたくの常務のことを少し聞かせてもらえますか？」

「常務？　雲上人《うんじょうびと》だな。誰です？」

「藤城さんと乾さん」

「こりゃ全然、タイプがちがうわ。藤城さんの方は営業出身でばりばりだし、乾さんの方は制作出身で、どうもちょっとねえ。あの人がもう少し頑張ってくれると、社内でも制作サイドが強くなれるんだけどって、僕らもよく話していますよ」

「加藤さん、今、自宅ですか」

「ええ、自宅。明日からちょっと、出張に出ることになりました。大阪の方の機械を見てくれっていうんですよ。前から具合が悪かったらしいのだけど、急に来いといわれましてね」

「そんなこと今までにありました？」

「うーん、ちょっと珍しいかな。二、三日、あるいはもう少しかかるかもしれない。慣れない出張なんで準備に大わらわですよ」

私は唇をかみしめた。誰かが私から、私の知る人々を遠ざけようとしているのだ。

「井川さんは？」

「井川ちゃん？　井川ちゃんはいますよ。忙しくて出張どころではないでしょう」

「そうですか」

「なんかこんな形で縁遠くなるなんて馬鹿ばかしくってねえ……」

加藤は残念そうにいった。私は礼をいい、このことは忘れてくれるよう頼むと、電話を切った。

あのテープは「電広」以外のところで作られたのだろうか。ありえない。もしそうならば偽物として処理し、ことさらに隠蔽《いんぺい》する必要はないのだ。

加藤が私の遠くへ追いやられ、井川は残っている。なぜだろうか。

藤城か、乾か、両方か。残るふたつの〝A〟〝C〟テープの内容は何なのか。どうやら、直接、彼らに訊く他ないようだ。

「参ったよ」

翌日の昼、村瀬が電話をよこした。

「例のビデオ屋を紹介してくれたノミ屋、挙げられちまった」

「警察か」

「ああ。どうやら大口の客で、ごっそりいかれたのが密告したらしい。初犯じゃないから、出て来るのに少しかかるかもしれないな」

「まさか警察まで動いたのじゃないだろうな」

「それは――」

いいかけて村瀬は絶句した。

「その藤城という常務、東大出身といったな」

急《せ》きこんだような口調でいう。

「横のつながりで官僚に圧力をかけた……」

「いや、だとしたらそれどころじゃないぞ。あの政府広報には政府の機密がからんでいるかもしれん。代理店より、もっと強力なのが動き出したとしたら――」

政府内部と広告代理店のつながり。東大出身という横の関係があのテープを作り出したのだろうか。

「『アロウVサービス』というのは、どこにあるんだ？」

「西新宿のちっちゃなビルだ。西口の――」

村瀬は早口で説明した。

「行く気か？」

「ああ、行ってみる」

「俺も行こう」

「いや、こいつは俺ひとりで動いた方がいい。連絡するまで動かないでくれ」

私はいって切ると、アパートを出、タクシーを拾った。途中、幾度もうしろを振り返った。得体の知れない怪物が、足音をひそませてついてくる――そんな薄気味の悪さを味わっていた。

新宿保健所の角を西に入った、雑居ビルの三階――「アロウVサービス」の事務所はそこにあった。エレベーターがなく、薄暗くせまい階段を昇った。ふたつ並んだスティールドアの片方に小さなプラスティックのプレートが貼られている。

私はドアをノックし、ノブをひいた。雑然とした十二畳ほどの部屋の、壁いっぱいにビデオテープが並んだ棚がつみあげられていた。

中央に電話ののったデスクが二台あり、その片方にすわっていた若者が驚いたように私を見上げた。私の部屋にテープを運んできた若者だった。

「責任者はいるかい？」

私が訊ねると、若者は椅子を鳴らして立ちあがった。緊張したように喉仏《のどぼとけ》を動かし、私を見た。

「け、警察の人ですか」

私を忘れているようだ。

「いや、おたくの会員だ。おたくから借りたテープのことでちょっと話がしたくてね」

「なんだ」

若者は急に力がぬけたようだ。音をたてて椅子にすわりこんだ。

「みんな、出てますよ、葬式があって」

「葬式？」

「きのうの夜、ここの経営者のひとりが事故で死んだんですよ。轢《ひ》き逃げにあって」

「轢き逃げ……その人はここのスタッフ？」

「ええ。設立者のひとりです。ここは、映画会社をやめた人と代理店をやめた人のふたりで作ったんですよ」

「いろいろなテープを集めてくるのも、その人たちの仕事だったのか」

「初めはね。今は、結構、ルートができて持ちこみも多いけど」

「ここはいつ頃できたんだい？」

「三年くらい前です」

「すると初めのうちは、そのふたりが持ちよったテープで？」

「そう、関戸《せきど》さんと亀岡《かめおか》さんのふたり」

「亡くなったのは？」

「関戸さんです。代理店にいた方」

「その代理店というのは『電広』かい？」

「そうですよ。ＣＦシリーズは全部、関戸さんが手がけたか、そのコネ」

話し相手に飢えていたのか、若者はすらすらと喋った。

私は手近の椅子をひきよせると、腰をおろした。

「どうしたんですか」

首を振り、煙草に火をつけた。これは断じて偶然ではない。私が北原ちさとにここの名を教えたばかりに、死人が出てしまった。

「葬式はどこで？」

「関戸さん家《ち》です。板橋《いたばし》」

「もうひとりの亀岡さんというのもそこに？」

「今日一日はいるんじゃないすか。今日は仕事も休みですから……」

若者に板橋の住所を訊ねた。怪訝《けげん》な顔をしながらも、若者は教えてくれた。

関戸という元代理店に勤めていた男の家は、小さな二階家だった。せまくこみいった路地をぐるぐるとタクシーで回った挙げ句、見つけた。

低い西陽《にしび》がさしこんでいるその一階で、通夜《つや》が行われていた。私は少ない弔問客《ちょうもんきゃく》の中から、亀岡を捜し出した。

亀岡は、色が浅黒く痩せてい、妙に落ちつかない目つきをした三十七、八の男だった。黒の喪服が大きすぎ、肩が落ちそうになっている。私と同じで、ネクタイをし慣れぬタイプだ。

「亀岡さんですか」

「そうだけど、あんたは？」

強い警戒の色を浮かべ、亀岡は私を見た。

「つい最近、おたくの会員になって、関戸さんが作ったＣＦシリーズのフィルムを借りている者です。こんなときに何ですが、少しお話をさせて下さい」

「どういう用？」

亀岡の警戒の色は解けなかった。

「北原ちさとの未公開ＣＦのことです」

「北原ちさと……」

「ええ」

私は、亀岡を関戸家の外に連れ出した。冷たい風に吹きつけられるが、人前でしたい話ではなかった。

「政府広報」

私は短くいった。

「ああ！　あの変なフィルム」

頷くと、煙草を捜すように、喪服のポケットを叩いた。

「あれでしょ。大地震か何かのときに流すようなの」

私は自分の煙草をさし出した。

「そう。あのフィルムは他にありますか」

「他っていうと？」

「あのタイプだけじゃなくて、別のタイプもあるらしいんですよ」

「えーとねえ」

亀岡は、風に幾度もライターを鳴らしながら呟いた。

「あれはね、関さんが内緒で持ってきたんだな。撮りそこねか、リハーサルの没《ぼつ》テープなんだ。だからあれしか、うちにはなかったんじゃないかな」

「あのテープの撮影に立ちあったわけではない？」

「何かねえ、変なことといってたな。そうだ、現場のスタッフを全部締めだして、重役だか何か、おかしな連中だけで撮ったらしいんだ。で、関さんが、重役が自分たち用の裏ビデオでもこしらえているんじゃないかって、あとでこっそり、処分用のテープからとってきたって、いってたな」

「重役っていうと？」

「さあ……関さんなら知ってたろうけど……」

「……轢き逃げだそうですね」

「ああ、ひどいよ。警察の話じゃ、ブレーキかけた跡がないっていうんだ。居眠りか、酔っぱらいだろうって。この、すぐ先でやられたんだけれどね」

亀岡は口惜しそうな顔をした。

「こっちも、あんまりサツに強く出られる立場じゃないからさ、アツいよな……」

「ひとりだったんですか、関戸さんは」

「そう。きのうの昼過ぎ出たきり、連絡がとれなくなったと思ったら……」

「………」

「それで関さんの持ってきたテープがどうしたの？」

「彼はそのテープのために命を落としたのかもしれない」

「えっ？　どういうこと？」

「彼は『電広』からずいぶんそういったテープを持ち出していたんですか？」

「まあ、オンエア後のテープなんて役に立たないし、あちこちに渡すんでコピーもいっぱい作っているからね。結構あったよ。ただあのテープに関してはコピーはなかったね。撮影のことを知ってたのも関さんだけじゃないかな」

「あのテープはずいぶん貸し出されましたか?」

「いや、北原ちさとなんてメジャーじゃないし、熱狂的なファンがいるってわけでもなかったからね。年に一度か二度だね。それよりどういうこと?」

「今は詳しく説明できないんです。ただあのテープの存在を非常に隠したがっている人間がいる、それはまちがいありません」

「なんで?」

「わからない。だけど——」

「佐伯さん!」

私は振り返った。井川が立っていた。窮屈そうに黒のスーツを着ている。

「どうしてここに……」

井川はうろたえたようにいった。

「そういうあなたこそ、なぜ?」

「関戸さんは、僕の二年先輩だったんです。うちを辞めちゃったあとは疎遠になってたけど、それまではすごく世話になって……だから……」

「そうだったんですか」

「それより佐伯さん——」

井川は私の腕をつかんだ。

「ちょっといいですか？　僕、佐伯さんにあやまらなければいけないことがあるんだ」

私を亀岡から離し、駐められた車の陰に連れていった。

「何です」

「このあいだの話。佐伯さんを切った張本人、うちの常務のこと」

「藤城さん」

「ちがうんです」

井川は首を振った。

「乾という、もうひとりの常務なんです」

「なぜ」

「乾氏に呼ばれましてね」

井川は唇をかんだ。

「あれは常務命令だったんです。佐伯さんの仕事を切れ、という。そしてもし誰からかと訊かれたら、藤城さんの名を挙げろ、と」

「…………」

「いろいろ考えて、やはりどうしても佐伯さんをだますのはできないと思った。申しわけありません」

「そんな。ありがとう」

「いったい何があったんです。うちの常務と?」

「話してもとても信じてもらえないだろう。ただ俺はまだ一度もその人と会ったことはないんだ」

「じゃあどうして?!」

「それより。乾さんは制作の出身だったね」

「ええ。叩き上げです。テレビのCFやラジオのCMを初めの頃から手がけていた……」

だから現場のスタッフを締め出しても、あのテープを制作することができたのだ。

「井川さん、頼みがひとつある。乾さんの住居がどこか、調べてもらえないだろうか」

「自宅、ですか」

井川はおびえたように目を伏せた。卑怯《ひきょう》だと思ったが私はいった。

「この前、私が張本人の名を訊いたとき、あなたはずいぶん迷っているように見えた。それは、俺に嘘《うそ》をつくことで悩んでいたんだ」

「そう。その通りです。わかりました、乾氏の自宅の住所を調べましょう。今はわかりませんが、会社に戻れば……」

「電話をします」

私はいった。井川は私に嘘をついたが、北原ちさとは真実を話した。今、私は北原ちさとの身がひどく心配になり始めていた。

納得できぬまま鋭い視線を向けてくる亀岡から、私はのがれるように関戸家の門前を離れ、公衆電話を捜した。

煙草屋の店先にそれを見つけ、走りよると北原ちさとから聞いた自宅の番号を回した。

「……はい、北原です」

「佐伯です。テープにからんで死人が出た。俺の思い過しでなければ、君の身も危い」

「どういうこと？」

「今は説明している暇はない。ただ乾には注意してくれ。これからそちらに向かう、俺が着くまで絶対に外へ出ないで欲しい」

「でもお店が――」

「そんなことを気にしている場合じゃないんだ！」

私は一方的に電話を切った。表通りに出てタクシーを拾う。板橋から都心に向かう道は激しい渋滞を起こしていた。

乾にとって「アロウVサービス」の名から関戸を割り出すのは容易な作業だったにちがいない。関戸は殺される前に他の政府広報〝A〟や〝C〟を持ち出していないか、徹底的に調べられたろう。そして何かが存在する、ということを知った以上、生かしてはおけなかったのだ。

今、それを知っているのは、私と北原ちさとしかいない。〝A〟と〝C〟の内容を知るのは、北原ちさとだけだ。

なぜもっと早く彼女を始末しなかったのか。理由は簡単なことだ。故人を出演させた政府広報を流すわけにはいかないからだ。

たとえ引退したとはいえ、芸能人の死はニュースになる。死んだ人間が画面に登場し、いくら微笑みかけようと、説得力はない。引退したのも同じ理由だろう。スキャンダルで名を落とさせる可能性を残したくなかったのだ。だからこそ、自然に忘れられるようにしむけた。タレントを使ったからには、それはどうしても必要な手順だったのだ。

しかしなぜタレントでなければならないのか。そして民間の代理店でなければならなかったのか――どうしても解けない疑問があった。それは〝A〟と〝C〟に深く関わっているにちがいない。

どうしようもない私の焦りとは裏腹に、車の列はじりじりとしか進まなかった。板橋―白金間を走る鉄道機関がないことを、私は呪った。

白金のマンションに到着したのは、タクシーに乗ってから実に一時間以上を過ぎた時刻だった。

タクシーを降り、六階の窓を見上げた私は、安堵の息をついた。窓に明りが点《とも》っている。

北原ちさとは出かけなかったのだ。

ロビーに入り、インタホンを押した。

返事がない。

幾度も押した。背筋がしびれるような不安が足元から這《は》い上がった。

踵《きびす》を返し駆け出すと公衆電話を捜した。ようやく見つけたボックスに入り、硬貨を落としこんだ。指が震えていた。

「……北原でございます」

「もし――」

「ただ今、留守にしております。御用件の方は、信号音が鳴りましたら――」

受話器をおろした。「セントエルモ」の番号を押した。

『セントエルモ』でございます」

ボーイの声が答えた。私は北原ちさとを出してくれるよう頼んだ。

「ママはまだ見えてませんが……」

「佐伯と申します。お店に出られたら、すぐ私の自宅に電話を下さるよう伝えて下さい」

「佐伯様ですね、承知いたしました」

とりあえずそれだけを告げると、私は受話器をおろした。

電話ボックスを出、マンションを見上げた。あの中で北原ちさとが死ぬ、あるいは死にかけているという状況はあるだろうか。

管理人をおどしドアを開けさせることもできる。

だが中に誰もいなかったら。留守番電話は、誰かが作動させたのだ。もし北原ちさとが私の言葉に従わず、出勤し、店に向かっている最中だとしたら――騒ぎを起こした私に果して、テープ〝A〟と〝C〟の話をしてくれるだろうか。

私には、待つしかなかった。

タクシーを止め、古川橋に向かう。

アパートの前で車を降りた。階段を昇り、ドアに鍵をさしこむ。開いた瞬間、中にひきずりこまれた。

「騒ぐな、包丁が背中につき通るで」

軍手と覚しい荒い感触の掌が、がっしりと私の頬をつかんだ。ノブにかけた手を外され、ゆっくりとドアが閉まった。

壁に押しつけられ、明りのスイッチが点った。

覆面をした男たちだった。ふたりいる。どちらも私より大きく、荒々しい。濃紺の、ヤッケのような上衣を着け、軍手をはめている。顔にスキー帽のような覆面をつけていた。ひとりが本当に、私のキッチンの包丁を手にしていた。研《と》いだばかりなのだ。

窓を見た。ブラインドが降ろされている。

私を押さえつけていない方の男が、ドアの錠をおろした。

「テープはどこや?」

包丁を手にした男がいった。私は首を振った。室内は徹底的に調べられている。床に本やレコードが散らばり、デスクのひき出しは投げ出されていた。

もうひとりの男が拳を丸め、私の腹に打ち込んだ。背中が壁に叩きつけられた。膝が折れそうになったが、頬にくいこんだ包丁の男の指が許さなかった。

「もう一回や、テープはどこや?」

いいながら男は私を殴った。息が詰まり、胃液がこみあげてきた。

「顔はあかんぞ」

包丁の男がいった。意味はすぐにわかった。私を殺す気だ。両脚が震え始めた。

「こ、ここにない」

「どこや、え?」

包丁の男が掌を外し、喉にかけた。

「ここ、じゃない」

「だからどこやいうてんねん、ほら」

頸動脈《けいどうみゃく》に指を食いこませながらいった。

「銀行、貸し金庫」

「なんやと、こら」

「嘘じゃない。私がい、行かなければ取ってこれない」

嘘だった。加奈子の部屋だ。目を閉じた。涙がこみあげた。馬鹿なことをした。そう思った。これでもう加奈子に会うことはできなくなる。

電話が鳴った。男たちが顔を見合わせた。早口でいった。

「仕事の電話だ。出なければ怪しまれる」

「何じゃ、そりゃ」

鳴りつづけている。止むな、そう願った。

「本当だ。出なければ、押しかけてくる」

「早よ出い。おかしなことしくさったら、ブスリや。間に合わんで、電話の相手には……」

ひざまずくようにして床の電話を取った。

「佐伯さんですか、井川です」

「あ、ああ」

「電話をいただくという約束だったんですが、どうなさったのかな、と思って」

首すじに冷たい刃が当てられた。

「すいません」

「いや。それで住所ですが、神谷町《かみやちょう》のマンションです……」

「いって下さい」

メモはとれなかった。乾の住所を井川が読み上げた。神谷町グランドメゾン四〇一、それを二度くり返す。

「それじゃ、これで……」

井川は電話を切った。受話器をおろしながら、乾という男のことを思った。私を、こんな目にあわせた男。

「切れとるんじゃろ、はよ戻さんか」

怒りが、猛烈な怒りがこみあげた。振り向きざま、男の包丁を持った手首に受話器を叩きつけた。鋭い音がして、受話器が割れ、男は包丁を落とした。

立ちあがり、隣の部屋との境に飛びこんだ。ドアを閉め、錠をおろす。二部屋しかない私のアパートの寝室だった。

「このっ」

男たちのどちらかが罵り、ドアに体当たりをくらわせた。框《かまち》が軋《きし》んだ。セミダブルのベッドをひきずり、ドアに押しあてた。

窓に走りよった。サッシの窓を開く。

私のアパートにベランダはない。彼らがこの寝室に入るにはドアを蹴破るほかは手がない。

私は窓をひき開いた。

「火事だーっ、火事いっ！」

思いきり叫んだ。

「あかんっ、逃《に》げるで」

「火事だ、助けてくれえっ」

ドアを破ろうとする物音が止んだ。慌しく玄関のドアを開ける気配がした。足音が階段を駆け降りていく。

街頭を行く人々が立ち止まってこちらを見上げていた。目を丸くし、私を指さしている。一階に住む管理人が窓を開き、真下から私を見上げた。

膝が笑い出し、私はその場にすわりこんだ。


部屋の前に集まった人々に、自分の勘ちがいであったと説明し、詫びて、ひきとってもらった。何が起きたかを話せば警察を呼ぶことになる。本来は警察の力を借りるべき事態かもしれない。しかし警察官を納得させるには、あまりに証拠となる材料がなかった。

最後に私の部屋から離れた管理人とともに、私はアパートの一階に降りた。あの部屋にこれ以上ひとりで止まることなどできそうになかった。通りを隔てた喫茶店に私は入った。

今は、自分以外の誰かといなければ不安だった。あの男たちがまた戻ってくるかもしれない。

喫茶店の赤電話から「セントエルモ」にかけた。北原ちさとは出勤していなかった。

どうすればいいのか。

どうすることもできない。私の手に負えない事態だという気がした。しかし何とかしなければならない。

乾に直接会う——それしか思い浮かばなかった。会って、もし自分にはあずかり知らぬことだとつっぱねられればそれまでだ。それをさせぬ手はないのか。

懸命に考えた。北原ちさとを助けなければならない。そして私自身の命も。

ひとつだけ、たったひとつの方法しか思い浮かばなかった。幾度も考え、それだけだ。

私は喫茶店を出、電機屋に入った。ビデオテープを二本買い、包装をむしりとった。これだけでは足りない。誰か私に協力してくれる人間がどうしても必要だった。


神保町でタクシーを降りたのは、午前零時に十五分ほど余した時刻だった。「電広」神保町ビルの正面玄関にはシャッターが降りている。裏口に回った。守衛詰所がある。

「どうも」

私は詰所の窓を叩いた。七年間のあいだ幾度も深夜、録音の立ち会いでこの神保町ビルを訪れていた。守衛とも顔なじみだ。

「ああどうも」

四人いる守衛のひとりが椅子から立ち上がった。私は激しい動悸を抑えようと努力しながらいった。

「タレントさんの都合でさ。井川さん、来てる？」

「あれ、まだ見えてないですよ。加藤さんもいないし……」

「加藤さんは出張。とりあえずナレーション録りはこっちのメンバーでやることになっているから」

「そうですか。それは御苦労さんです」

私は息を吸いこみ、早口でいった。

「ところが、原稿がまだあがってないんだ、忙しくてね。だから少し早目にスタジオに入って書いていようかなと思って……。鍵は井川さんかな？」

「いや、こっちにありますよ。使って下さい」

初老の守衛は、録音室の扉の鍵を取った。

「第一録音室でしょ。帰るときに返してもらえりゃいいですから」

「ありがとう、すいません」

私は頭を下げた。録音室は、第一、第二、第三のみっつがある。第一と第二が同じ大きさで、第三はやや小さくなる。普段は、第一か第二を使っていた。

暗く人気のない大理石の廊下を歩いた。古ぼけたエレベーターにのり、スタジオのある三階まで昇る。

ビル内にはほとんど人間が残ってはいないようだ。

借りた鍵で録音室の扉を開けた。蛍光灯のスイッチを入れる。無人のスタジオ、録音室に、煌煌《こうこう》とした明りが点った。

二重の、重く厚い扉を開いてスタジオに入った。入って左奥にピアノ、右手に原稿台のテーブルとマイクスタンドがある。テーブルは山型で布が張ってあり、斜めになった表面に原稿を置いても滑り落ちにくくなっている。ナレーターがふたりの場合は向かいあってすわる仕組だ。

今、録音室に向いた窓に、テーブルは横を見せている。それを縦に変えた。片側は録音室に背中を向ける恰好だ。

テーブルの位置を変え終えると、椅子にかけテーブルに顔を伏せた。うまくいくとは、とても思えない。しかし、始めたからには最後までやり通さねばならなかった。

顔を上げた。録音室で光が瞬《また》いていた。

電話だった。録音室の電話は、初めにフラッシュを瞬かせ、つづいてブザーを鳴らす。

スタジオを出ると受話器を取った。

「乾だ」

厳しく力強い声が流れ出た。

「佐伯です」

「いったいそんなところで何をしているのだ。君はもううちとは何の関わりもなくなった筈だぞ」

「お宅への伝言が届かぬかと思いましたよ」

電報を打った。「アイタシ、神保ビルスタジオへ連絡乞ウ　サエキ」

「何の真似だ、即刻そこを出なさい」

「北原ちさとは無事ですか」

「なに？」

「彼女はまだ生きていますか？　そう簡単には殺せない筈だ。関戸のときとはちがい、死体を、見つからぬよう始末しなければなりませんからね」

「何をいっとるんだ、君は」

「テープはここにあります」

「何のテープだ」

「関戸から、死ぬ前に預かったものです。テープ〝A〟〝B〟〝C〟」

「馬鹿な！」

「コピーもとってある。もし彼女に何かあれば、コピーと私の手紙が警察と新聞社に送られる。新聞には、あるいは手を回すことができるかもしれない。しかし警察はどうです？　すべてもみ消せますか？」

「テープなどあるわけがない」

「〝B〟はあなたが自分の目で見た筈だ。あなたの手下に私の部屋の鍵を開けさせ、中に入って自分の目でね。あのときテープを盗み出しておけばよかったのに。おそらくあなたは〝B〟が不完全であることに安心し、騒ぎをおこすまいとしたのだろう。だが北原ちさとが私にあなたの名を喋ってしまった。藤城氏に押しつけようとした悪役もばれてしまったわけだ。しかも考えてみれば、スタッフなしでフィルムを作ることができる技術は、藤城氏ではなくあなたのものだ。いずればれる嘘だったわけです。テープ〝A〟と〝C〟は初めから私の部屋にあったのです。あなたは私の部屋を調べに来たとき『アロウVサービス』から借りた、もう二本のテープにも気づいた筈だ。そう、試しに見て、それがポルノであったため興味をなくした。しかし〝A〟と〝C〟は、そのポルノの巻末に入っていたんです。関戸氏はそこに隠して、私に貸し出してくれたんです」

　賭けだった。おそらく乾は、あのポルノビデオも見た筈だ。しかし、すべてを見る時間はなかったにちがいない。

「嘘だ。関戸は〝B〟しかない、といった」

「自分が殺されることがわかっていたんだ。だから仇《あだ》を討ちたかったのでしょう。あるいは、まさか殺されるとは思っていなくて、あとで金にするつもりだったのかもしれない」

「…………」

「北原ちさとを連れて、すぐにこのスタジオに来て下さい。もし来なければ、私がテープを持って警察に行きます。もちろん雑誌や新聞にも。どこかが取りあげれば、他も無視するわけにはいかないでしょうね」

「どうしようというのだ？」

「テープと北原ちさととの交換です。ただし、金で雇ったのかもしれないが、あの二人組は連れてこないようにして下さい。あなたも古巣のここで、手を血で汚したくはない筈だ」

「……わかった。一時間で行く。待っていろ……」

私は受話器を戻した。私を助けてくれる筈の人間は、それまでにここに来るだろうか。もし彼が来なければ、万事休すだ。偽のテープではごまかしきれない。

スタジオの時計を見上げた。一生のうちで一番長い、スタジオでの待ち時間だな、と思った。

午前一時に録音室のドアが開くのを、私はスタジオの中から窓を通して見守っていた。

最初に入ってきたのは北原ちさとだった。あのミニスカートに毛皮のコートを羽織っている。化粧気のない顔はひどく蒼ざめていた。

背後から乾が現われた。一度か二度、見た覚えがある。顔色が悪く小柄で、茶色の厚いオーバーの袖から皮の手袋がのぞいていた。

頭頂部を残し、きれいに禿《は》げている。厳しい目で録音室の内部を見回した。私は彼の後ろから入ってくる人間がいないことを確かめると、窓ガラスを叩いた。

はっとしたようにふたりがこちらを見た。消していたスタジオ内部の明りを、私は点した。そして厚い扉のロックを解き、ノブをひいた。

「入って下さい。ふたりとも」

乾が北原ちさとの背中を押した。ふたりがスタジオの内部に入ると、私は二重扉を閉めた。これで他の人間に邪魔されることはない。

北原ちさとをピアノの前にすわらせ、乾は原稿台の窓ぎわにつかせた。私が録音室を見やる側にすわる。

「君が佐伯か――」

乾はいった。

「そうです」

「テープを」

「ここにあります」

私は電機屋で買ったビデオテープを見せた。

「渡したまえ」

「待って下さい。渡す前に、なぜあなたがこの『政府広報・特別』を作ったのか。それを聞かせて下さい」

「知ってどうするのだ」

「私にとっては保険のようなものです。ここを出て行ったあとも、いつ、夕方の二人組のような連中につけ回されるかわかりませんからね」

乾は私を見つめた。怒っているのか、考えているのか。無表情だった。やがて目をそらし、スタジオの照明を見上げるといった。

「『照栄会《しょうえいかい》』を知っとるか」

私は頷いた。与党の若手代議士で作られているタカ派の研究会だ。

「『照栄会』に岩崎《いわさき》という代議士がおる。その男に頼まれたのだ」

「岩崎草一《そういち》ですか」

「そうだ」

私の故郷を選挙区とする代議士だった。東大出身で警察官僚から政治家に転身した。

はっとした。藤城常務と同世代である。

「藤城常務の同期ではありませんか？」

「そうだ。岩崎は初め藤城に頼み、藤城が断わった。藤城は代理店というものがわかっていない」

「するとこれは、本物の政府広報ではない？」

「使える可能性も持っている。準備の、そのまた予備段階として、と岩崎はいった」

「なるほど、だからクレジットを入れた」

私は頷いた。

「さあテープを渡したまえ」

「まだです。あなたの口から、ひとつひとつのテープがどういう目的で作られたかを説明していただきたい」

「何のためだ？」

私は薄氷《はくひょう》を踏む思いだった。

「なぜ民間の広告代理店で、なぜタレントが出なければならなかったか。それを知りたいのです」

「君はCMの台本を書いておったんじゃなかったのか？」

乾の顔に嘲《あざけ》りの色が浮かんだ。

「にもかかわらずそれがわからんのか」

見ていればわかっていたろう。

「わかりませんね」

「よいだろう、では説明してやろう」

不安がきざした。成功者は演説をしたがるとはいえ、乾は喋りすぎる。テープをとり返せば、私たちを殺すつもりなのだ。

「藤城も君と同意見だった。そんなものは国営放送で作ればよい作品だといった。確かに〝A〟や〝B〟はそれでよかったろう。東京が直下型大地震や一方的な核攻撃を受けた場合にはな。だが〝C〟となるとそうはいかん。

君は、現在どれだけのコマーシャルが電波で流されておるか知っている筈だ。そして視聴者というものが、どれほど惑わされやすいかもな」

「前置きは結構です」

「まだわからんか。宣戦をこちらから布告するには、いかに状況が逼迫《ひっぱく》し、日本が危険な状況に立たされておるか、大衆に感情で訴えかけるものが必要なのだ。戦闘状態に突入する際に、国民に理性など求められん。必要なのは戦意だ。その戦意を高揚させるものは何か。コマーシャルだ。大衆の心を効果的につかみ、洗脳するコマーシャルなのだ。そして信頼を得るに足るタレント。テレビで顔もろくに見せたことのないような高級官僚と、一度でもテレビで見たことのあるタレントと、大衆はどちらの言葉に心情的に信頼を抱くと思う?!」

私は息を吸いこみ、北原ちさとを見た。

「国民のスマイル」が茶の間に微笑みかけ、開戦の必要を説く。確かに乾の考え方は、大衆の性格、広告の本質というものをとらえているように思われた。

だが、それは、そのものが必要になる事態が訪れるまでは、決して存在を明らかにしてはならないものだ。政府が、あるいは政府の一部の人間が、準備の、そのまた予備段階としても、戦争突入を考えていることが公《おおやけ》になれば大変な騒ぎになる。

「君は、どんな気持でやったんだ？」

私は北原ちさとには訊かずにおれなかった。

「……これはシミュレーションだ、と乾さん、岩崎先生はいったわ。実際に使われることはないだろう、わたしもそんなことにならないよう願った。でも、佐伯さん、考えて。わたしはタレントよ。テープ〝C〟はともかく、〝A〟や〝B〟のとき、わたしの語りかける言葉が、災害や爆撃に、傷つき救いを求める人々の励みになるの。力になるの。わたしが、テレビを見るすべての人たちに勇気を与え、救いを投げかける存在になるのよ」

「……大スターだろうな」

私は苦い気持でいった。

「もし、私の出たテープがテレビで放映されたときには、それを見た人たちがわたしを忘れることは一生ないでしょう。これは夢よ。すべてのタレントが願う、夢よ」

テープ〝A〟は直下型大地震。テープ〝B〟は被核攻撃時、そしてテープ〝C〟は戦争突入――日本が参戦国として、だ。

私は吐き気すら感じるほどの衝撃を味わっていた。気をとり直し、乾を見すえた。

「そのマザーテープは、今どこに」

「岩崎代議士が保管している。有事の際には、すぐ政府広報局に運ばれる筈だ」

乾は冷ややかにいった。

「従って、君がしようとしていることは、一歩まちがえば国益に反する重大な犯罪行為だ」

「だがあなたは、人を殺した。関戸という、かつての部下を」

「やむをえなかった。必要なときが来るまであれは眠っていなければならない、絶対秘密の存在なのだ」

「兵器と同じですよ」

私はいった。

「あなた方がこしらえたものは兵器と同じだ。大衆をかりたて、死に追いやるんだ」

「君には理解できんだけの話だ。さあ、テープを渡したまえ」

私は偽のテープを足もとから拾いあげた。

「どうぞお持ちなさい。ただし――」

私は手を上げた。

「――コマーシャルだ。大衆の心を効果的につかみ、洗脳するコマーシャルなのだ。そして信頼を得るに足るタレント――」

スタジオ内にプレイバックされた自分の言葉に乾は顔をこわばらせ、椅子を蹴った。

録音室では、野崎老がゆっくりとテープを巻きとっているところだった。

「四台のオープンリールと二台のカセットでとりました。オープンリールとカセットを一本ずつ、私が持っていき、あとは置いていきます」

野崎老がトークバックボタンを押し、いった。

「貴様っ」

「いった筈です。保険だと。テープ〝B〟は私が持っています。今後、彼女なり私に何かあれば——彼も同様ですが。御存知ですか、効果の野崎さんを——即座に警察に渡します。これだけの設備で録ったものです。声紋検査に警察も苦労しないでしょう」

私は野崎老に頷いた。テープ保管室に前もって隠れてもらい、乾と北原ちさとがスタジオに入ったのをきっかけに録音室にやってきたのだ。私が最初に頷いたのが合図だった。

そして手をあげて見せるのが、プレイバックの合図。防音され、背中を向けた録音室の内部では何が行われようと、乾には気づくチャンスがなかったのだ。ピアノの前にすわった北原ちさとからは、録音室の奥は、死角になる。

野崎老は巻きとったテープをしまい、毛糸の帽子をちょいと上げた。録音室から出ていく。

「今後は、六本の録音テープが我々の保険となります。よろしいですね」

私は見届け、乾にいった。

「やむをえんな」

乾は嘆息した。

「では帰っていただいて結構です」

乾はしばらく動かなかった。原稿台の手元にじっと視線を落とし、沈黙をつづけていた。やがていった。

「君はあのテープを警察に渡す。きっとそうするな」

「どうでしょう。私にもわかりません」

「私にはわかる」

「そうですか」

「煙草をくれんか」

私は煙草とライターを手渡した。乾は煙草に火をつけ、深々と吸いこんだ。あたりを見回し、灰皿をひきよせる。

「私が現役の頃には、スタジオには絶対灰皿などおかせんかった。煙草も、飲み物も、声の質が途中で変わってしまう、といってな」

「今でも飲み物はそうです」

「そうか……」

乾は呟いた。私は北原ちさとに目配せした。

「我々は行きます」

乾は答えなかった。北原ちさとが丸くなった乾の背に声をかけた。

「乾さん……」

「私はしばらく、ここにいる。君は好きなところに行っていい」

北原ちさとは私に目を向けた。私は小さく頷いた。

スタジオを出、厚い二枚の扉を閉じた。乾は原稿台にもたれ、たち昇る煙を見つめていた。

私が残ったテープを巻きとり、両手に抱えても、まだそうしていた。死体のように、じっと動かない。

私は北原ちさとをうながし、廊下に出た。歩き出すと、彼女と私の足音が廊下に響いた。

それは、まるで無人の廃墟にいるかのように、高く、うつろに、こだましていった。

スウィッチ・ブレード

1

窓ごしに彼らの車を見る前に、階下で吠えるカールの声で訪問者を知った。

私はワープロの画面を消し、暗号装置を作動させてデスクの前から立ち上がった。この、千葉《ちば》県の大原《おおはら》にある別荘地帯に移り住んでから二年になろうとしている。梅雨《つゆ》も明け、これからの千葉は一年で最も良い季節だ。野菜も魚もうまい。唯一《ゆいいつ》の問題点は、交通渋滞だ。去年の夏は、ほんの二キロ先の商店街に車で買い物に出、戻るまでに一時間かかった。道は、サーフボードを屋根にのせた車で、海岸は、サンオイルの匂いと華やかな原色で埋まる。

だがそうした活気と町全体を包む騒然とした空気を、私は嫌いではない。秋の時間を心に染ませる、いわば前奏曲のようなものだ。

吠えつづけるカールに、二階から声をかけてやった。

車寄せに停止するグレイのセダンが見えた。アンテナは何も——ラジオのアンテナすら——立てていない。近頃は電話付きの車が珍しくないが、彼らは気をつかったようだ。

二年の間に、わずか三度目の訪問だ。

素足のまま、私は階下に通じる階段を降りていった。

カールが、居間のソファの上から降りたち入口をにらんでいる。雑種だが、すばらしい体格と直感力を備えていて、ペンキ屋に化けた冬場の別荘荒しを嗅ぎつけたこともある。

ドアホンが鳴り、私はダブルロックを解いた。電動式のこのドアのリモートコントローラーを、私はいつもショートパンツのポケットに入れ、持ち歩いている。

ソファに腰をおろすと、カールが私の臑毛《すねげ》に鼻をよせてきた。

ドアが開き、グレイとベージュのスーツを着《つ》けた二人の男が屋内に足を踏み入れた。ベージュのスーツの方、武田《たけだ》はひどく汗をかいている。冷房のきいた車内を出、玄関にいきつくまでの間に、驚くほどの汗をかいたものだ。もうひとり、米倉《よねくら》は、涼しげな顔をしていた。

「冷房を入れてないのか」

武田が慌てて上着を脱ぎながらいった。私は手を広げた。Tシャツとショートパンツのいでたちなら、海から来る風で充分快適な気分になれる。

夏、このあたりでスーツを着ている人間を捜すのは、浜辺で処女のビキニウェアを捜すことより難しい。

米倉は一向に平気なようだ。鋭い目を細めて居間を見回し、最後に私を見つめた。

「よく焼けているな」

「週に二度の舟釣り、一度のゴルフ、三度の水泳のたまものだ」

私は答えた。その返事を不愉快と感じたとしても、表情に出す男ではない。

「喉《のど》が渇《かわ》いた。キッチンに何かあるか――」

武田が居間の奥と通じるキッチンのドアに足を踏み出しかけた。とたんにカールがさっと前脚を立てて唸《うな》り声を上げた。

武田は驚いたように立ちすくんだ。

「どうしたっていうんだ？」

「何でもない。私が取ってくる。何がいい？」

「冷たいものなら何でも……」

「ビールでもか？」

武田の代わりに米倉が首を振った。

「アルコールは駄目だ」

「汗で出てしまうだろう」

「しかし駄目だ」

武田が何かをいいかけ、結局口を閉じた。米倉は上司として仰《あお》ぐには、優秀で厳しい面を表に出しすぎる。それは二年間で少しも変わっていない。

私はカールの首を叩《たた》いてすわらせ、立ち上がった。私以外の人間をキッチンに近づけぬよう仕込んだのは私だった。

強盗に見せかけて私を襲う人間なら、キッチンにあるこの家の刃物を使うだろう。そうさせぬためだ。

大型冷蔵庫から、ライトビールを一本、麦茶を二杯出し、居間に戻った。二人は、私の席とテーブルをはさんで向かいあった長椅子《ながいす》に、腰をおろしている。

「やらせてもらう」

ライトビールの缶をかかげプルトップを引いた。武田はいまいましそうに麦茶のグラスをつかんだ。米倉は、それにすら手を触れようとはしなかった。

「仕事の方はどうだ？」

米倉が訊《たず》ねた。

「まあまあ、だな」

「いつ頃あがる？」

「急げとは聞いていない」

米倉は小さく頷《うなず》いた。それからいった。

「六本木《ろっぽんぎ》に新しくオープンしたホテルを知っているか」

私は首を振った。

「知らんな」

「たまには六本木にも顔を出すことだ。そこで、ひとりの人間と会ってもらいたい」

私は米倉の顔を見つめた。見つめたところで何かがわかる顔でもなかった。彫《ほ》りの深い、色白のほっそりとした造作《ぞうさく》、薄い唇《くちびる》、きっちりとなでつけた髪、四十八という実際の年齢より十近く若く見える。

「それをいうために千葉まで来たのか？」

「そうだ」

「チ、ー、ム、の仕事なのか」

「そうだ」

「私はマウンドに上がる気はない」

「知っている」

米倉はつかのま、ためらったように見えた。

「これはチームではなく、相手の希望なんだ。君、を、指名してきた」

私は缶ビールをテーブルに置き、背もたれによりかかった。

「私を？」

「『アイズ』に載った君の論文を読んでいる。あの論文の執筆者を、と指定してきた」

「アナリストなのか」

米倉は頷いた。

「リー。ジョーイ・ユン・リーだ」

「中国系の名だな」

「中国人だ。アメリカ国籍の」

私は米倉と武田の顔を交互に見た。武田のグラスは空《から》になっており、露《つゆ》を結んだ米倉のグラスを武田はじっと見つめている。

「カンパニーか?」

「そうだ。香港《ホンコン》支局へ向かう途中、日本に立ち寄る。弟が日本にいるんだ」

「転属になったのか」

「おそらくな。日本で、あの論文の執筆者に会って意見を交換したいといっている」

「真面目《まじめ》に受けとっているのか? その言葉を」

私はいった。

「同じリーグだ。疑う必要はあるまい。学者肌どうしだ、意見があうかもしれん」

「嫌だといったら?」

「君をこの別荘で、ビール太りさせるために国は金を出しているんじゃない。それを思い出してもらいたい」

急にゲップがしたくなった。それを米倉に吐きかけてやりたいのをこらえ、私はいった。

「それは接触であって、分析じゃない。私の仕事は後方分析だ」

「相手もそうだ。これに関する限りはな」

嫌な予感がした。米倉は何かを隠していて、それを私に話すつもりはない。

「その男の写真は？」

米倉は首を振った。

「ない。彼も君と同じで後方だ。顔は知られていない」

「データは？」

「五十二歳、独身。趣味は庭いじりと、ゴルフを少し。結婚歴はないが、ホモではない。特に親しい同僚もいない。要するに人間嫌いという奴だ」

そこで一度言葉を切って、米倉は私を見た。いいたいことはわかっている。私と似ている、というのだ。

「家族は、両親が死去。妹と弟がいて、弟が日本、妹が香港にいる。弟は二歳下で、横浜《よこはま》でガソリンスタンドや中華料理屋を経営している。妹も、香港でやはり事業をやっている。リーは香港からアメリカに留学し、卒業後もそのまま居残ったんだ。アメリカ国籍の取得を条件にＣＩＡに入局。主な活動は後方分析、対象は、中国、ベトナムだ」

「優秀なのか」

「らしい。カンパニーの対外向けの評価はCランクだ。カンパニーにいわせれば、いてもいなくてもどちらでもいいような存在ということになる。つまり——」

「ずばぬけて優秀ということだな」

表を裏といいたがる世界だ。ここでは、へそ曲がりとは、物事を事実通りに語る人間だ。

「どうやってこちらに連絡してきたんだ？」

「直通番号に電話してきたんだ。別に不思議でも何でもない。大使館に行かずとも、カンパニー内部でいくらでもチームの電話番号は手に入るさ」

米倉はあたり前のことを訊く、という調子で答えた。

「それで、チームは私に何をして欲しいんだ？」

「お喋《しゃべ》りさ。ついでに、カンパニーがそんなに優秀な奴を香港に派遣する理由も知りたいね」

情報戦の世界では、本当に重要な情報は、東京と香港には最後に到着するといわれている。どちらも、機密の保持が困難な土地柄だからだ。私自身は、それを悪いことだとは思わない。情報の流れが安定していれば、それなりに分析を行なうことは難しくない。万一、スパイ防止法などが制定され、それが実際に効力を発揮するようなことになり、しかも同じリーグのアメリカやイギリスなどが信頼するようなことにでもなれば、流れは大きく変わり、分析は一層面倒なことになる。

だが、リーグ内とはいえ、彼らが日本を信用して少しでも秘密を打ち明けるようなことがあるとは、私にはとても信じられない。即《すなわ》ちそれだけ洗い直さなければならない情報が増える、ということなのだ。

米倉は、おそらくそうは思っていない。彼は、工作と分析の橋渡しをするセクションにいる。防止法の制定を願っているだろう。

工作セクションの連中は、なおさらだ。これまで以上に、借り物の警察手帳をひけらかしやすくなる。

「気が進まん仕事だな」

私はいった。日がかげり、屋外で鳴きつづけていた蟬《せみ》の声が止んだ。夕立ちが来るかもしれない。

「チームの決定だ」

米倉は告げた。

「明日の午後四時。論文にお前が使った筆名『相馬《そうま》』で部屋をとっておく。リーか、その使いが訪ねてくるはずだ」

「ガードはつくのか？」

「当然だ。二人、ホテル内に配置しておく。発信器を忘れんようにしろ。チャンネルは

17だ」

「チャンネルは17、だな」

緊急事態が生じた場合、援護の人間を呼びよせる無線器を身につけて行動することがある。周波数が混乱しないよう、その無線器は1から99までのチャンネルを持っている。

米倉は頷くと立ち上がった。

「尾行に気をつけてな」

ひと言を残し、手をつけずじまいのグラスを残したまま、玄関に向かった。武田が未練がましくそのグラスを見やり、あとを追った。

彼らが出ていくとすぐ、私はドアロックのコントローラーを作動させた。空《そら》が暗くなり、ひんやりと湿った空気が窓から入りこんできた。

ライトビールを飲み干し、空《から》になった缶を握り潰す。その音には微動だにしなかったカールが、米倉たちの車のエンジン音には反応した。

耳を立て、低く唸る。

私は彼の首を撫《な》でた。

「お前も気に入らないか？」

短く吠えて、カールは答えた。私は頷き返した。米倉の最後の言葉が、私には気になっていた。

後方の分析家どうしが、プライベートで会うのに、なぜ尾行に注意しなければならないのか。

ガードを置く、というのは決まりきった手順である。工作員とちがい、私たちのような分析員は、桁外《けたはず》れの情報を抱えている。万一、誘拐されるような事態が起きれば、訓練を受けた工作員とちがい、口を割るのも早いし、それによる損失も大きいのだ。

だがそれだけに、分析員の正体はあくまで秘匿《ひとく》されている。尾行がつくことなど、ありえないのだ。

工作員ではない私には、尾行を見抜く能力も、またそれを撒《ま》く能力もない。通りいっぺんの訓練は、はるか昔の思い出である。

あとは年に一度の、基礎講習を受け直すだけだ。

米倉が、私を工作員に仕立てようとしたことが、これまでに一度ならずあったのを私は思い出した。

確かに私の適性は、工作員に向いている。私もそれは知っている。

東京《とうきょう》で長く分析員の仕事をしている間に、まるで神にでもなったようなつもりで、国際情勢を分析し、人間を動かす、他の分析員たちに、私は愛想《あいそ》をつかしていた。

彼らの免罪符は、常に「情報戦での微量の損失が、国家単位での巨大な損害を防ぐ」というものだ。そしてその〝損失〟により、人命が失われることを意に介さない。

数百の人命は、数万の前では、ゼロに等しいと考えるのだ。

その考えが全面的にまちがっていると、私にいいきることはできない。しかし、私は神ではない。将棋盤と世界を同一視することもできない。

それゆえに東京を離れ、千葉に移り住んだ。毎日、抱えたアタッシェケースに情報を持ち運ぶより、秘密回線でファックスを送った方が、よほど早く、しかも確実に分析情報をやりとりできるというものだ。

それに何より、この場所に住んでいるからこそ、情報戦の世界が、貴重な命を費やした上になりたっていることを実感できるのだ。

ここにいる限り、私にとって、ゼロとそうでない数字の差ははっきりしている。

ゼロでなくなれば、それが一でも一万でも、私にとっては同じなのだ。

2

東京に住んでいた頃は、自分でハンドルを握るのは週に一度あるかないかだった。千葉に移ってからは、移動の手段はふた通りしかなくなった。二本の足か、自分の運転する車かだ。

千葉での渋滞に辟易《へきえき》していた自分を甘いと思い知らされる三時間だった。深夜ならその半分もかからず、尾行の存在をつきとめるのも容易だったろう。熱気に神経を研《と》いだ他の運転者たちに追いたてられるように、私は待ちあわせのホテルに到着した。

自分がひどく〝なまって〟いることを痛感させられた三時間でもあった。地下駐車場に車をとめ、降りたつと、淀《よど》んだ暑さにどっと汗が吹きだした。ポロシャツの上に一度着た上着を、私は腕に戻した。

確かにこの街の夏に冷房は不可欠の存在だ。ガラスの自動扉をくぐり、塗料とカーペットの香りがする、ひんやりとした冷気の匂いをかいで思った。

エスカレーターでロビーに昇った私は、フロントカウンターに歩みよった。昼さがりのロビーには、若者のアベックと子供連れの家族の姿が目立った。

「予約をしておいた相馬だが」

歩みよってきたクラークに私はいった。

「お待ち下さい」

グレイのブレザーを着けたクラークは、カウンターで隠された手元をのぞきこんだ。

「一二〇一号の相馬様でいらっしゃいますね。お連れ様はもう先にお見えです」

「ありがとう」

驚きの表情を隠すために、私は素早くいった。踵《きびす》を返し、エレベーターへ向かう。

接触がこのように公然と行なわれるとは、私は思っていなかった。私が部屋にいて待っている間に、ジョーイ・ユン・リーがこっそり訪ねてくると考えていたのだ。

エレベーターホールに並ぶ四機のエレベーターのうちのひとつが扉を開けて待機していた。私が乗りこもうとすると、反対側からやってきた男の二人組と鉢合わせする格好になった。

「失礼」

二人とも髪を短く切り、眼鏡《めがね》をかけた典型的なサラリーマンのいでたちをしている。私にわびた男が二十階のボタンを押した。私は十四階のボタンを押した。扉が閉まり、エレベーターは上昇した。

このホテル内に私の援護が二人いるはずだった。今、私が手にしている上着のポケットに入った無線器は、せいぜい三百メートル半径にしか電波を飛ばせない。受信器はポケットベルと同じような形をしていて、実際たてる音もそっくりだ。

私の身に何かあれば、私は無線器のボタンを押す。すると彼らが駆けつける、という具合だ。ただし、どこから私が発信しているかを知ることはできない。従って、私が位置しそうな場所から彼らは捜すことになる。

これを使う羽目にならぬことを私は願っていた。私は暴力が嫌いだ。使うのは勿論《もちろん》、使われるのは、もっと御免だった。

エレベーター内では何事もおきなかった。十四階で私を吐き出し、二人の男を乗せた箱は上昇した。

下りのエレベーターを待つか、それとも階段を使うべきか、人けのない廊下で私はつかのま考えた。

作戦的には階段を使うべきだった。その位置を確かめておく上でもだ。階段は、廊下の両方のつきあたりにあった。廊下の中央のエレベーターホールからは、右手が各階の二十号室まで、左手がそれ以降の数字の部屋といった配置になっている。右手の階段を使うことにした。一二〇一号室は、十二階の右つきあたり、階段、非常口のすぐ隣りにあたるからだ。

非常階段の踊り場からは、溜池《ためいけ》の交差点にぎっしりと連なった車の渋滞状況がよく見てとれた。熱風が顔に吹きつけ、ひいていた汗が再び体を濡《ぬ》らし始めるのを感じた。

コンクリート製の階段を二階分降りる。このホテルには十三階もあるようだ。一応、迷信にうるさそうな客には、他の階をあてがっているのだろう。

十三階の踊り場に降りたったとき、階下でドアの軋《きし》みを聞いた。私は足を止め、手すりの上から身をのりだした。

大柄の白人が素早く階段を降りていく姿が目に入った。髪は茶で口ひげをたくわえている。茶のスラックスにウインドウペインのジャケットを着けていた。厚い胸と広い肩幅が鍛えた肉体を物語っている。

ふとその足が止まり、私は急いで頭をひっこめた。白人が頭上をふり仰《あお》いでいることは想像に難くなかった。

この暑い昼間に、わざわざ非常階段を使う人間は多くはないはずだ。それなりの理由がなければ。

やがて足音が再開した。頭上にも自分の姿を見咎《みとが》める人間がいないことを確信したようだ。足音が遠くなり、そしてはるか下方で、ドアの軋みが聞こえた。

十階か、もっと下まで、男は階段を使って降りたのだ。

私は十二階まで足音をたてぬようゆっくりと降りた。そしてドアをくぐった。

十二階の廊下にも人けはなかった。最寄りの一二〇一の扉に歩みよった。かたわらのチャイムボタンを押す。

返事はなかった。

もう一度ボタンを押し、待った。

扉の内側に人の気配はない。

どうやらトラブルが起きたと考えてまちがいない。非常階段を降りていった白人の男と、先に入室しているにもかかわらず扉を開けようとしない、ジョーイ・ユン・リーのことを考えれば、それは確かだ。

私は周囲を見回し、上着から電子錠専門のカードをとり出した。磁気ロックシステムの錠は、すべてこれによって解《と》くことができる。自分の住む家が停電に見舞われたときのため、持ち歩いている——口実になっている。実際は、あの家に移り住んだとき、備品部にいる知人から手に入れたのだ。

ドアノブの横についたさしこみ口にカードを挿入すると苦もなくロックは解けた。カードをしまい、手にした上着の袖口《そでぐち》でノブをおおって押した。

廊下よりはるかに強くきいた冷房が、肌寒さを感じさせるほどだった。

入って左手に小さなソファとスタンドがあり、正面にもう一枚の扉が、その手前右に低いバーカウンターと冷蔵庫があった。

一二〇一はセミスウィートルームのようだ。

「ミスタ・リー？」

私は低く声をかけた。返事はない。かすかに空調の唸りが聞こえるだけだ。

私は前方の扉に進んだ。再び上着でおおったノブを押した。

左がバスルーム、右が鏡貼りのクローゼット、そして並んだ二台のセミダブルベッドが見えた。きちんとベッドカバーをかけられた二台の手前の方に上を向いた靴がのっている。

正面は赤坂《あかさか》方向を見おろす窓だ。

靴には中身があり、茶の地味なスーツを着けた男の体へと続いていた。小太りで、首を横に傾けている。白いシャツの前がはだけ、そこにあるべきネクタイは、陽焼けした首へと移動していた。細い部分は肉に埋まって見えないほどだ。

オールバックの髪がわずかに乱れている。

薄く開いた瞳は壁を凝視していた。私は歩みよると、手の甲を、その東洋人の男の首にあてた。

かすかに温《ぬく》もりを感じた。が、あるべき脈はない。

この男が、ジョーイ・ユン・リーだとすれば私たちが意見を交換することはもはやありえない。

男の上着を私は探った。財布《さいふ》もパスポートもそこにはなかった。クローゼットの中にも、旅行者が持ち歩くようなボストンバッグ、スーツケースの類《たぐい》はない。

私は、十二階の非常口から階段を降りていった白人の姿を思い返した。少なくとも、手には何もさげていなかった。あの白人がこの男を殺したのだとしても、上着の内側に隠せるもの以外は、奪っていない。

しかし何のために。

無線器を使うべきときではない、と判断した。死体を離れ、部屋の出口へと向かった。

廊下に人けがないことを確かめて、外に出る。

十二階からエレベーターを使って下に降りた。ロビーに出ると、さっきのクラークに歩みよった。

「どうやら彼は出かけているらしい。ノックをしても返事がないんだ」

「館内でしたらお呼び出しできますが」

私の緊張には気づいた様子もなく、彼はいった。

「いや、あとでまた来よう。もし彼を見かけたらそう伝えてくれ」

「承知いたしました。相馬様ですね」

「そうだ」

私は頷いた。

ロビーの奥に公衆電話を見つけた。一番奥のボックスに入ると、スラックスから十円硬貨をとり出した。指先が汗で濡れ、小さく震えていた。

チームの直通番号を押した。

「――はい」

男の抑揚のない声が応えた。

「総務の米倉さんを頼む。こちらは研究開発の相馬というものだ」

「お待ち下さい」

男はいった。

カチカチ、という音につづいて米倉が受話器を取った。

「米倉だ」

「相馬だ。一二〇一はI・F《インフィールド・フライ》になっている」

一瞬、息を呑む気配があった。インフィールド・フライは死を意味する。

「今どこからだ」

「ロビーだ。部屋には入っていない、とクラークにいった」

「どうやって入った？」

「そんなことを問題にしているときじゃないだろう」

「……公衆電話か」

「そうだ」

「箇数は？」

「一」

「リーか」

「わからん。多分そうだろう。東洋人だ」

「待て」

受話器から一切の物音が消えた。ミュートスウィッチを入れたようだ。やがて米倉の声が戻ってきた。

「わかった。こちらで処理する」

「どう処理するんだ？」

「そちらには関係のないことだ。千葉に戻れ」

「そうはいかん。こっちは顔を見られている」

「何回？」

「二。往きと帰りだ」

「くそ」

「何とかしろ。こちらはそっちの指示に従ったんだ」

「わかった。こっそり運び出す」

「それしかない」

「帰って連絡を待て」

「米倉――」

「なんだ？」

「そのときは全部喋れ」

私は受話器をおろした。


彼らはその夜遅くやってきた。私は買い物に出ることもままならず、ありあわせのもので夕食を作り、摂《と》り終えていた。食事がすむと、ビールよりも強い飲み物が欲しくなった。死体を見るのが初めてではないにしろ、ああした形での対面はこれまでなかった。時間がたつほどに、薄く開いた瞳や唇の間を割ってつき出た舌を鮮明に思い出した。

十一時過ぎに米倉が武田の代わりにもうひとりの男を連れてやってきた。杉《すぎ》と名乗った男は、小型のカセットレコーダーを持参し、途中、幾度か電話をかけながら、私にくり返しホテルでの出来事を話させた。

「もういいか」

杉の持ってきたテープが両面とも録音でいっぱいになると、私はいった。杉は米倉に輪をかけて無表情な男で、長身と無駄のない体型から工作員だとすぐに知れた。

「もういいだろう」

杉が答える前に米倉がいった。珍しく疲れと苛立《いらだ》ちを表わした声だった。

杉は見るともなく米倉を見て、かすかに頷き、レコーダーをしまった。その晩は風も途絶え、かなりのむし暑さだったが、杉は上着を脱ごうとしなかった。米倉でさえ、脱いでいた。

「こっちが訊く番だ」

私はいった。

「死体は、リーだったのか」

「多分な」

「多分？」

米倉はむっつりと答えた。

「外見からの特徴はあう。だが身につけていた衣服は日本製だった」

「向こうから写真を送らせなかったのか」

「まだだ。大使館には一応、知らせる段取りはつけたが」

「一応？」

米倉は唇をなめた。

「どういうことだ、米倉。あの男はリーなのか、そうじゃないのか」

自分の手元をじっと見つめていた杉が顔をあげた。

「こういうことなんです、相馬さん。リーは、日本国内に入国してすぐ、足取りを消してしまっていたんです。ですから、こちらもあのホテルまで彼の動きをフォローしていたわけではないのです」

「入国の時期は？」

杉が米倉を見た。

「七十時間前だ」

「すると、チームに連絡をしてきたのは、日本国内からか」

「そうだ」

「じゃあ、カンパニーの方ではリーのそうした動きを知らなかったということか」

「そうだ」

米倉はくり返した。

私は息を吐いた。彼らはまだリーの死をアメリカ大使館にもＣＩＡにも知らせていない。

なぜなら、日本側が重大なルール違反――任務外の接触――を犯そうとしていたことを隠すためだ。

「ルール違反を承知で私を巻きこんだのだな」

私は怒りをこめて米倉をにらんだ。

「あくまでも向こうの希望だったんだ。お前に会いたい、といった。日本の最優秀のアナリストに会いたい、とな」

「論文を読んだ、というのは？」

「それも本当だ。読んで以来、お前と話したいと思っていた、といったんだ」

「どうするつもりなんだ。身許不明の死体を見つけましたが、実はおたくの部員じゃないですか、とでもラングレーに電報を打つのか」

「馬鹿をいうな」

「無縁仏《むえんぼとけ》か、それとも」

「それもする気はない。ただ、今一番重要なのは、誰が何のためにリーを殺したかを知ることだ」

「何のためなんだ？」

私は杉を見つめ、質問をつづけた。

「足取りを消した、というのは意図的だったのか？」

「そうです。後方にしては、えらく手際のいいやり口でした。銀座のデパートを使われましてね」

杉は憂鬱《ゆううつ》そうにいった。

「日本で何かをする気だった、ということだ」

私は二人の顔を見比べていった。

米倉が頷いた。

「弟がいる、といったな」

「今、武田に当たらせている」

「来日した時点から、弟の方も足取りがつかめなくなっています」

杉が言葉を添えた。

「警察は？」

私の問いに米倉は首を振った。

「何もしていない。しないようにしたんだ。連中が動けば、まず追いかけられるのは君だ」

「白人の男はどうなる」

「捜すさ。だが、その男がやったとしても動機がない。ＣＩＡが、自分のところの分析員が秘密で同リーグの国の分析員と接触しようとしたから、といってその男を消すか？」

「ありえない」

「他のリーグにしたってそうだ。何も好きこのんで、第三国でトラブルを起こすことはないだろう」

私は杉を見た。

「公安のソビエト大使館監視報告は？」

「調べました。きのう、今日と、特に変わった動きはありません」

「だろう？」

米倉は大きく息を吐いた。

「相馬、あとはお前の頭の中でこの問題を解いてくれ。正直いって、総務はてんてこまいだ。こんなときこそ、アナリストの頭脳がものをいうのじゃないか？」

「人を巻きこんでおいて、ムシのいいことをいうな」

「予測できなかったんだ」

私たちはにらみあい、黙りこんだ。米倉を始めとする総務の人間が、私は、他の分析員以上に嫌いだった。彼らは蝙蝠《こうもり》のように、自分たちの都合がいいときに後方になったり、工作になったりする。

私は立ち上がり、バーキャビネットに歩みよった。

「ウイスキーを飲む人間は？」

「もらおう」

米倉がぼそっといった。

「氷が欲しければ、勝手にキッチンに行け。カールはつないである」

「このままでいい」

グラスにストレートで注いだウイスキーを受けとって米倉はいった。

私はアイリッシュウイスキーを口に含んだ。喉を伝う瞬間だけ、肌にまつわりつくじっとりとした暑さを忘れることができる。

節《せつ》を屈することにした。苛立ちは、暑さのせいもあると思ったからだ。エアコンのスウィッチを入れ、ソファに戻った。

「ひとつ、手がかりになりそうなことがあります」

杉が私たちのやり合いに辟易したのか、いった。

「何です？」

「ソビエト大使館の監視報告を手配した際に、都内のマーク付きの外人の動向も調べさせました」

「マーク付き？」

私の問いに米倉が答えた。

「傭兵、除隊させられた不良米兵、運び屋、そういったフリーランスの不良外人だ」

「それで？」

「ひとり、やはり七十時間前から動向の不明な人間がいます。黒人と日本人との混血で、マービンという男です」

「前歴は？」

「はっきりしないんです。一度殺人の容疑で手配されかけたことがありましたが、アメリカ側の要請で、それは消えました」

「連中の仕事をしていたのか」

「前からではないと思います。前任の日本支局長の時期でしたから」

「マービン……」

「おそらくそのときに、支局長がマービンに関する記録を、全部抹消させたのではないかと」

「すべてを消去するということはありえないな。何かの事態に備え、ファイルは残っているはずだ。日本にはなくても」

私はいった。

「マービンの仕事は？」

米倉が訊ねた。杉は無表情に答えた。

「殺人のプロです」

3

米倉と杉が帰ったあと、私は居間に残ってウイスキーの壜《びん》を片付けた。もはや、飲んだくれる時期ではなかった。

マービンという名のプロの殺し屋が姿を消しているのは、何らかの形で仕事に入ったことを意味している。

リーを殺すことが目的であったとすれば、マービンはそれを果たしたわけだ。だが、ホテルの非常階段で私が見かけた男は、まぎれもなく白人だった。すると彼は、マービンの手下だろうか。

マービンが、パートナー、あるいはアシスタントを使うとは考えにくかった。フリーランスの殺し屋は、あまりチームを組まないものだ。その点では傭兵とはちがう。

うまくＣＩＡ内部と連絡を取り、マービンに関する情報が手に入れられないものかどうか、私は思案していた。マービンが一度でもＣＩＡの仕事をしたなら、彼に関する情報は必ずファイルされている。ラングレーの巨大なコンピュータのどこかで眠っているはずなのだ。

マービンの依頼人は誰か。その動機は何か。

リーに何かをさせまいとして殺させたのだろうか。

何を？　私に会うことだろうか。

私はネクタイで絞め殺された男の顔を思い返した。楽しい作業ではなかった。見覚えのない顔だ。

『アイズ』に発表した私の論文と何か関係があるのだろうか。『アイズ』は西側の情報機関で回覧されている論文誌だ。読者の性格上、戦略、戦術論、防衛思想に関する論文ばかりである。しかも、そこに載せられるのは理論であって、実際のデータや、仮説の根拠となる事件の全容が記載されることはまずない。

あくまでも机上の空論を楽しむための非商業誌である。発行部数も千に満たない。手に入れられるのは、各国の外務省、軍情報部、情報機関の関係者に限られている。執筆者はすべて匿名であるし、たとえあの雑誌が東側の情報機関に渡ったとしても利益になるような内容はない。

私が『アイズ』に寄稿したのは、政治思想とは無縁の亡命者に関する考察だった。人はさまざまな理由から亡命をする。それが政治観によらぬ場合、いったい何によってか、そして情報戦におけるそうした盲点について触れたものだ。

リーの興味を惹く内容であったのだろうか。リーが誰か、東側からの亡命者との面談、分析をＣＩＡで行なっていた可能性はある。そしてその点で、私の論文に興味を持った——ありえないことではない。

だがそうであるなら、公式のルートを介して私に接触を求めてくるはずだ。秘かに会おうとはしないだろう。

私は長椅子の上に両脚をのばした。

とたんに全身がこわばるのを感じた。玄関のドアの上にとりつけたランプが点灯している。侵入者の存在を示しているのだ。カールを裏の小屋につなぎ放しであったことを私は思い出した。

ランプを点けた感知装置は、車寄せの先にとりつけてある。赤外線ではなく、重量感知システムだ。二メートル四方のその部分を十キログラム以上の重量があるものが通れば、自動的に反応する。

心臓が激しい鼓動を打ち始めた。この家には武器は何ひとつ置いていない。私の身を護《まも》ってくれるものがあるとすれば、それはカールだけだ。

カールの吠え声が聞こえないことに私は気づいた。装置を作動させるほどに侵入者が近づけば、カールが気づかぬはずはないのだ。

カールの身に何かあったのだろうか。

不安が背筋を這《は》い登《のぼ》った。エアコンを入れたのは誤《あやま》ちだった。その音で、ほんのかすかな気配、たとえば、かわいそうなカールの断末魔を聞き逃してしまったのかもしれないのだ。

私は自分を落ちつかせようと努力しながら、そっと両脚をおろした。侵入者が単なるこそ泥であるはずはない。

どうやったかは知らないが、カールを静かに〝処分〟したのだ。そんなことができるのは、プロだけだ。

はっとした。マービンだろうか。

私はテーブルの上にあるテレビのリモートコントローラーを取り上げた。スウィッチを入れると、ロックのプロモーションビデオが画面に浮かび、ビルボード誌のトップテンを流し始めた。

音楽のボリュームを上げ、私は長椅子から立ち上がった。玄関のロックは簡単には破れぬはずだ。二階に上がり、電話で救援を呼ぶ他に手はない。

ただし電話線が切断されていなければ、の話だが。

階段に歩みよると、足音をたてぬよう登った。二階の明かりはすべて消してある。

二階にある書斎に入って最初にしたことは、ワープロのフロッピーをすべて磁気消去することだった。二ヵ月分の苦労が水の泡だ。

だが杞憂《きゆう》で終わったとしても、しなければならない作業だ。

次いでモニターをパーソナルコンピュータに切りかえると、この家のコンピュータグラフイックを打ち出した。カーソルキイで感知システムと連動させる。

侵入者感知システムは全部で十ヵ所に仕掛けてあった。

すでに反応しているシステムが赤く点滅する。

私は唇をかんだ。裏手の、カールの小屋に近いシステムが点滅している。やはり侵入者は、カールを〝始末〟したのだ。

点滅するライトで侵入者がどういう経路を辿《たど》ったか識別できた。正面から家の横手に出、生け垣の反対側から裏に回ったのだ。

私はスクリーンを注視していた。家の内部にもシステムは設置されている。玄関、窓、侵入の手段となる部分にはすべて赤外線感知装置がとりつけてあった。

どこから入ろうとするか。

私はスクリーンから目を離さず、腰をおろすとデスクの電話機を取り上げた。発信音を確かめ、ボタンに指をあてる。

まだ侵入者は、家の内部にまでは達していない。救援を求めるチャンスはある。

ボタンを押した。五つ目のボタンを押し終えたとき、首すじに冷たいものを感じた。

「受話器をおろして。静かに」

滑《なめ》らかで、落ちついた声だった。

「このナイフはよく切れます。急に振り返ったりすると、自分の体を傷つけることになりますよ」

「わかった」

私は答えて、首を動かさぬようにしながら受話器をおろした。

「結構」

「どこから入ってきたんだ？」

首を回さぬせいで、私の目はモニタースクリーンに釘づけのままだった。どの入口も、異常を示してはいない。

「この部屋からです。雨どいを伝って屋根に登り、この部屋のバルコニーに降りました」

私は息を吐いた。今後は二階にも設置すべきだと思った。

今後があれば、の話だ。

「目的は何だ？」

私は低い声で訊ねた。同時に恐ろしくもあった。目的は、私の命ではないのか。

「あなたに会って話すことだ」

声は答えた。

「話す？　何をだ」

「私ではない。話したがっているのは」

「では誰だ？」

「ゆっくりと振り向いてもらいたい。両手を見える位置においたまま」

私は頷いた。椅子の肘《ひじ》かけに手をおいたまま、椅子を回転させる。

黒いTシャツに黒のパンツをはいた長身の黒人が立っていた。手にダブルエッジの長いナイフを握っている。

黒人は微笑《ほほえ》み、白い歯並《はな》みが光った。不思議と殺意のない笑みだった。

「マービンだな」

私は押し殺した声でいった。黒人の唇がすぼまった。

「皆さん、早いお着きのようだ」

一瞬、彼の言葉の意味がわからなかった。それが自分をつきとめたことに対する表現だと理解できるまで、私は黙っていた。

ミスを犯した――私は自分を呪った。相手を知っていることをわからせてしまった。喉をかき切るに足る理由だ。

「あなたは相馬さん、そうですね」

マービンはいった。流暢《りゅうちょう》と呼ぶには、あまりに完璧な日本語だった。彼は日本で育ったにちがいない。

隠しても無駄だった。私は頷いた。

「そうだ」

「よかった」

マービンは再び微笑んだ。

「リーを殺したのは君か」

私は覚悟をきめて訊ねた。マービンは首を振った。

「では殺させたのだな、あの白人に」

マービンの目が光った。

「見たのですか」

「見た。向こうは気づいていなかった」

喋りながら、あるいは私は、自分の喉に彼のナイフをひきよせているのかもしれない、と思った。

私は深く息を吸いこんだ。どちらにしても彼が無傷で私を放すとは思えない。

「君を雇ったのは誰だ？」

マービンは首を振った。

「時間がありません。私と来てくれませんか？」

「どこへ」

「あなたと会いたがっている人のところです」

「行かないといったら殺すのか？」

マービンは再び首を振った。目が細まり、眠たげな表情を浮かべている。殺す、という言葉で私はカールのことを思い出した。

「犬は、カールはどうした?!」

「大丈夫、何もしていません。賢い、いい犬だ」

「馬鹿な。カールは一度も吠えなかった。そのナイフで殺したのか」

「とんでもない。私は動物がとても好きなんです。殺したりしません」

「じゃあ手なずけたというのか」

黒人は頷いた。

「仲良くなりました。カールという名なのですね」

「信じられない。カールを呼んでみていいか？」

私の問いに黒人はまたも頷いてみせた。

「カール！」

私は叫んだ。すぐに裏手で一声、カールが吠えるのが聞こえた。

「本当だとわかってもらえましたか」

私は背もたれに体を預けた。この状況では彼の言葉に従う他ないとわかっていた。

彼の目的は、私を殺すことか、本当に誰かに会わせること、あるいはその両方だ。

「どこまで行くんだ？」

「あなたが運転して、私が道を教えます」

「いいだろう。もうひとつ質問してもいいかな」

「何です？」

「どうやってここをつきとめた？」

「ホテルから尾行しました。まずあなたを。それから、死体を運び出した人たちを」

私は目を閉じた。まるで気がつかなかった。米倉にしてもそうだ。

この男は恐るべきプロだった。

「わかったら行きましょう」

マービンはいった。

私は立ち上がり、先にたって一階へ降りた。衣服をかえ、玄関を出たところで訊ねた。

「私の車か」

「いえ。この先にこちらの車があります。それを運転して下さい。信用していないのではなくて、取りに戻るのが大変なので」

マービンは申し訳なさそうに答えた。

静まりかえった別荘地内のロータリーに、黒のスカイラインが駐《と》められていた。ナンバーは東京のものだ。

「乗って下さい」

助手席のロックを外すと、マービンは私を促《うなが》した。

「約束します。あなたを傷つけない。だから安全運転に専念して」

マービンはいった。私は助手席側から苦労して運転席におさまった。マービンがすぐ、助手席に乗りこんでくる。運転席のドアを使わせなかったのは、最後の瞬間に、私が逃げようとするのを防ぐためだろう。両側から乗りこもうとすれば隙《すき》が生まれる。それを避けたのだ。ドアを開けた拍子に点いたルームランプで黒人の顔を真近に見た。四十にいっているかどうかだろう。眠たげでなければ、ひどく悲しげな目つきをしている。

キイを受け取り、私はイグニションを回した。

「まず高速に入って下さい。東京に着いたら、首都高へ」

マービンは指示した。そしてつけ加えた。

「必要以上のスピードは出さぬこと。人目につきたくないのです」

スカイラインはよく手入れされていた。ガソリンも半分以上残っていて、エンジンも回る。

私は房総《ぼうそう》半島を北上し、千葉東金《とうがね》道路に入った。その間マービンは、前方と後方に同じくらいの注意を向けていた。彼が尾行車の有無を確認しているのだということは、すぐにわかった。

深夜の上り車線は空《す》いていた。しかしそれでもマービンは、私にスピードを上げることを控えさせた。私は終始九十キロのスピードでスカイラインを走らせつづけた。

「京葉《けいよう》ではなく湾岸道路に向かって」

宮野木《みやのぎ》ジャンクションの手前でマービンは静かに告げた。私は左のウインカーを出し、減速すると大きくハンドルを切った。

彼をだしぬいて脱出しようという気持ちは失せていた。それは恐怖からよりも、この先に起きる出来事への興味のせいだった。

左手にディズニーランドのある高速湾岸線を走り抜け大井埠頭《おおいふとう》へと出ると、平和島《へいわじま》から首都高速一号線に乗った。横浜まで三十分とかからぬ距離だ。

「どこへ行くつもりなんだ?」

「中華料理は嫌いですか」

マービンが笑みを浮かべて問い返した。

「嫌いじゃない。むしろ好物だ。だがこんな時間に食べるともたれそうだな」

マービンは頷いた。

「横浜公園ランプで降りて下さい。幸い、誰も我々を追ってこないようだ」

「そして元町《もとまち》、中華街か?」

この深夜に開いている店があるとは思えなかった。だがマービンには心当たりがあるのだろう。

指示に従って首都高を出ると、私は中華街に向け、車を走らせた。
一、二軒の怪しげなスナックをのぞき、並んだ料理店はすべて明かりが消えている。
「その道を左に折れて」

マービンが囁《ささや》くようにいい、私は一方通行を折れた。中規模の料理店の裏口があった。

「とめて。降りましょう」

マービンは先に助手席のドアを開いていった。私が逃げないと確信しているようだった。

私が言葉に従うと、マービンは材料などの搬入に使うらしい、巨大なシャッターに歩みよった。かたわらのインタホンを押す。

広東語《カントン》の囁きがその唇を割った。私は彼を見つめた。完璧な発音だった。

シャッターが軋みをあげながら五十センチほど巻き上がった。

「入って下さい」

マービンは周囲を見回し、いった。私はここでつかのま躊躇《ちゆうちよ》した。この建物に入ってしまえば、二度と出てこられないのではないかという恐怖がこみあげてきた。死体の処理に中華料理店の厨房《ちゆうぼう》とは、気味の悪い取りあわせだ。

「どうぞ」

マービンが落ちついた声でさらに促した。

私は先にたってシャッターをくぐった。

そこは、裸電球がひとつ点《とも》っているきりの、お世辞にも清潔とはいえないコンクリートの通路だった。野菜屑《くず》、そして何だか得体の知れない甘い匂いが漂《ただよ》っている。

ひどく汚れた調理服を着けた細身の男が、壁によりかかり、私たちを見つめていた。素足に革のサンダルをつっかけている。

鋭い目で私とマービンを見比べ、男は首を倒した。広東語で短い言葉を切りつけるようにいう。

マービンがそれに答えた。男は奥に進めといったのだ。わずかだが、私も広東語を理解することができた。

調理服の男はそこに残り、私とマービンはむっとするそのほの暗い通路を進んだ。

途中、マービンが私を追い越した。重いスティールの扉を私のために開いた。

明かりが煌々《こうこう》と点いた広大な厨房だった。吊るされた鍋や釜、巨大な包丁の間をすりぬけ、マービンはどんどん奥に進んだ。

厨房を横ぎり、奥の扉を開く。そこからは通路に厚いカーペットがしかれていた。

通路に出て、最初の木製の扉の前でマービンは立ち止まった。ノックをすると、広東語の誰何《すいか》の声に答える。

扉の掛け金の外れる音が内側から聞こえた。

扉が開き、窓のない小部屋の中央に円卓が見えた。白いシャツを着けた男がひとりすわっている。扉のところには、もうひとり、ショートパンツにTシャツを着けた若い男が立っていた。

円卓の男がこちらを見上げ、私は息を呑んだ。

六本木のホテルで死んでいた男だった。

4

停止していた頭が再び動き始め、私は男の視線を見返した。男は小さく頷き、

「ミスタ・ソウマ？」

と訊ねた。

「イエス」

私は答えた。彼は似てはいるが、無論死んだ人間ではない。

「あなたは、ジョーイ・ユン・リーの弟ですね」

私は英語でいった。男は首を振った。

「私がジョーイ・ユン・リーだ。ホテルで殺されたのは私の弟だった」

私は立ちつくして彼を見おろした。

「弟は私の身代わりになったのだ」

リーは無表情にいった。

「誰があなたの弟を殺したのです？」

私はリーからマービンに視線を移して訊ねた。

「すわりましょう、まず」

マービンがいい、私はその言葉に従った。ショートパンツの若者は、両腕を組み、扉の前に立ちはだかっている。英語がわかるのかどうか、彼は厳しい表情で私を見すえているだけだ。

マービンがその若者に何ごとかを告げ、部屋を出て行った。

私はリーと向かいあった。

「何があったのです？　あのホテルで」

リーは私を見つめた。

「その前に、約束をしてもらいたい。今からここで交わす会話の内容を、一切他人に洩《も》らさないという約束を」

「同僚や上司にも？」

「無論だ。もし約束が守れないというのなら、君はここを出られない」

「それでは選択の余地がない」

「殺すという意味ではない。拘束させてもらう。私が安全と判断できるまで」

「…………」

私には、リーと会ったことを報告する義務があった。それをしなければ責任を問われるだろう。だが、誰かから説明を受けなければ我慢できなかった。

「約束する」

私はいった。リーは頷いた。

「ありがとう。私が君に会いたいと伝えたことは知っているな」

「知っている。だがそれがルール違反になることを、私はホテルから帰ってくるまでは知らなかった」

「ルールなど何の意味もない」

リーは吐き捨てた。

「あれは、彼らのルールなんだ」

「彼ら？」

「そうだ。自分を神様だと思いこんでいる連中さ」

リーは私を見た。

「君の論文を読んだとき、神様ではないアナリストが日本にもいることを知ってほっとしたよ。ラングレーで人間なのは、私ひとりだった」

彼のいわんとすることは私にも理解できた。おそらく彼はアメリカで、孤独と失望のときを過ごしていたにちがいない。私が東京でそうであったように。

私は息を吐いた。

「あなたと私の感受性が似たものであった、だから私と会おうとしたのか？」

「そうだ。愛国心とヒューマニズムは別の問題だと考えたがる連中を私は信用できなかった」

「何のために私に会おうとしたんだ？」

「私の理論をわかってもらうためだ」

「あなたの理論？」

「欧州でストップしてしまった軍縮を再開すべきだという理論だ。アメリカとソビエトのそうした動きを、中国、ベトナムは今、目と耳をいっぱいに開いて見守っている。彼らもまた真剣に平和を望んでいるのだ。なぜなら——」

「待った」

私は彼の言葉を遮《さえぎ》った。

「そうした理論は普通、裏付けるデータを伴った分析報告書として作成されるべきものなのではないか。今ここで語られても——」

「聞いてくれ、私には時間がないんだ。質問はその後ですればいい」

苛立ったようにリーはいった。

「わかった」

私は頷いた。リーは再び語り始めた。彼の分析は的《まと》を射《い》たものだった。幾つものデータがやがてその言葉の中に登場し、彼が驚くほどの数値——年号、数量——といったものを記憶していることに私は驚かされた。そしてそれらの数値は、私が記憶している幾つかに関しては、まったく正確だった。

また、彼がデータとして挙げた、中国、ベトナムの最新の動向は、いまだＣＩＡのみが知っていると思われる事柄で、日本のチームには連絡、公開されていないものも混じっていた。

無論、リーの、リー自身、それがＣＩＡの重大な規則違反になることはわかっていた。

リーの、欧州核軍縮に関する、中国、ベトナム双方についての分析は、約一時間近く、熱っぽく語られた。

「……従って、米ソが考えているような、〝漁夫《ぎょふ》の利《り》〟を中国は目論《もくろ》んでいない。それは確かなのだ」

リーは分析をし終えると、私を見つめた。

「さあ、質問をしてくれ。どんなことでもいい、私の分析について疑問に思うことがあれば答えよう。ただし先にいっておくが、今私がデータとして挙げた数値、事件などは、すべて真実か、真実としてＣＩＡのデータファイルに記録されているものばかりだ」

「あなたは、私にあなたの分析の分析をさせようというのか？」

「そうだ。ダブルチェックは当然のことだ。君たちのチームでもアナリストの報告は、もうひとりのアナリストによって洗い直される、そうではないかね？」

「その通りだ。しかし、本来はたっぷりとした時間と資料を用意して行なうことだ」

「わかっている。当然だ！」

リーは興奮したように叫んだ。

「だが今の私には、その時間がないんだ。さあ、チェックしてくれ！」

「待ってくれ、今……」

私は彼の分析を思い返した。いくつか確かめたい点はあった。些細《ささい》なことだが、そこに矛盾を発見すれば、彼の理論は崩れてしまう。

「まず中国人民政府のそうした傾向だが、一九八二年の党大会において……」

私は質問を開始した。リーの真剣さに対応するために頭をふり絞らなければならなかった。リーはまるで余命幾ばくもない死刑囚のようにあせっている。

私の質問は、十項目以上、四十分にわたってつづいた。そのほとんどについて、リーは予期していたかのように、すらすらと淀みなく答えた。

質問がすべて終わると、リーは解答を教師に提出した生徒のように私の顔を見つめた。

「どうだ、私の理論はあやまっていると思うかね？」

「今、ここにおいては完全だ。説得力がある」

リーはほっとしたように目を閉じ、頷いた。そして呟いた。

「今の私の理論のタイプ・署名原稿が二部、あるところに保管されている。七十二時間後、それは郵便物としてＣＩＡ長官とアメリカ合衆国大統領のもとへ送られるはずだ。そしてこ

た。

リーは円卓の下からアタッシェケースを引っぱり出し、組み合わせ式のダイアル錠を解い
「一部ある。これをソウマ、君に預ける」

私は分厚い署名入りのコピーを受け取った。

「なぜ私に？」

「君は私の理論をダブルチェックしたアナリストだ。私の代わりに、この分析報告に関する質問にも答えられるはずだ」

「それはそうかもしれない。しかしなぜ私なんだ？　この質問にはふたつの意味がある。まず、なぜあなた自身がダブルチェックを受けないのか。そして、なぜ他のＣＩＡ《あなたがた》のアナリストではなく、私なのか」

「二番目の質問についてはすでに答えた。私は彼らを信用できない。初めの質問だが、私にはその時間がない、というのが答えだ」

私はリーの顔を見つめた。

「それはあなたがＣＩＡをやめる、ということか？」

「そうだ」

リーは低い声で答えた。

「私は香港から中国に亡命するつもりなのだ」

私はしばらく無言だった。リーは、自分の命を左右するほどの秘密を私に打ち明けたのだ。万一、ＣＩＡがそのことを知れば黙ってはいまい。おそらくリーを逮捕――もしできなければ暗殺――しようとする。

「ホテルであなたの弟を殺したのは、ＣＩＡの人間なのか」

「ちがう、正確には」

リーはいった。

「正確には？」

リーは顎をひき、胸の上で手を組んだ。

「私は政治的な亡命をするつもりはない。私が望んでいるのは、中国河北省《かほく》での静かな生活だ。そのため、香港で今までの自分の経歴をすべて白紙に戻し、まったくの別人として中国に入りこむ手だてを講じた。中国人民政府に私の前歴を知られれば、到底、静かな生活などおぼつかないからな」

「…………」

「私はＣＩＡには失望したが、アメリカに失望したわけではない。また、中国の自然をアメリカの自然より愛するからといって、アメリカに害をもたらすつもりはない。中国人としての血が、中国本土での生活を欲しているだけなのだ。それに関しての手もすべて打ってある。

たったひとつのミスをのぞいては」

「たったひとつのミス？」

「私が中国本土に亡命することを恐れている人間がいることを忘れていた点だ」

「ＣＩＡではない、といったな」

「ＣＩＡではない。だが中国政府内のＣＩＡの協力者だ」

「スリーパーか」

「そういうことになる。その男は長年にわたって、ＣＩＡに中国人民政府内部の情報を送りつづけてきた。その男が恐れているのは、私が亡命し、人民政府に自分の正体を暴かれることだ」

「その男はあなたの亡命を知ったのだな」

「偶然だった。私に新しい人格を与えてくれるはずの人間と知りあいだったのだ。男はその人間を殺し、私は別の協力者を捜さねばならなくなった」

「なぜその男は、そんな面倒なことをしたのだ？　わざわざ手を汚さなくともＣＩＡに通報すればすむはずのことだ」

「それができないからだ」

リーは微笑し、言葉をつづけた。

「私はラングレーで中国セクションの分析責任者だった。彼のように超高度なスリーパーの情報に近づける人間は数が少ない。無論彼はコードネームをつけられているし、本名も素《す》姓《じょう》もごくわずかの人間しか知られていない。接触方法ともなると知る人間はますます限られてくる――場合によってはひとりしかいない――」

「そのひとりがあなたというわけか」

「そうだ。そして私はラングレーを離れる際、コンピュータのデータバンクに少しばかり細《さい》工《く》をした。彼の呼び出しコードを変えたのだ。おかげで、彼、コードネーム『老子《ろうし》』と呼ばれた男のファイル、緊急接触の方法などすべては、何百万とあるＣＩＡのデータファイルの人名簿の回線のどこかに埋《う》もれてしまったというわけだ」

「彼は孤立した。そうだな？」

リーは頷いた。

「だがいっておく。私はたとえ中国に帰っても『老子』の正体を暴く気はない。彼は年寄りだし、私自身、彼には何の恨みもない。それを彼に信じろ、というのは無理だろうが」

「『老子』はそれで水際《みずぎわ》作戦として、この東京であなたを暗殺しようとしたのだな」

「そうだ。皮肉な話だが、私は、『人民政府の裏切り者』の手によって、『人民政府の敵』として処刑されかけているのだ。弟がその犠牲になった。弟は、私の代わりに君と会いにいったのだ。彼は――」

リーは扉の前に立つ若者を示した。

「弟の息子だ」

「それでもあなたは中国へ亡命する気持ちを捨てていない？」

「いったはずだ。これは私の血が要求していることなのだ」

リーは静かにいった。

「いつ香港へは？」

「弟を殺した人間の始末をしてからだ。私が原因であったからこそなおさら、そのままにして自分だけがこの国を出て行くことはできない」

「そのためにマービンを？」

「ちがう。彼は私のボディガードとして契約したのだ。ラングレーのファイルの中で、日本在住の最も優秀なフリーランサーだということだったので」

「弟さんを殺したのは、中国情報機関の日本工作員だと思うのか」

「であればいい、と私は思っている」

私はリーの表情を見つめた。私が目撃した白人のことを話すべきだろうか。

リーは感情を押し殺してはいるものの、弟を死に追いやった罪の意識に苦しんでいるようだった。

そして私はあることに気づいた。なぜあれほどまでにマービンが私たちの尾行者の有無に気を使ったのかという点だ。

「私があなたとコンタクトをとったことを『老子』が知れば、私も生かしてはおかない。そうだな？」

『老子』は、自分の正体を明かされたと思いこむだろう。

「その通りだ。君も消そうとするにちがいない」

私は大きく息を吐いた。

「好むと好まざるとにかかわらず、厄介《やっかい》な立場に立たせてくれたようだ」

「その点については申し訳なく思っている。だが私が亡命した後、私の分析報告を逆情報として処分されぬためには、公平中立な立場でのアナリストが必要だったのだ」

万一、リーが無事亡命に成功できたとしても、私自身は数々の査問にかけられ、『老子』の手先に命を狙われつづけることにもなりかねない。

「どうやら、私の命のためにも、あなたを殺そうとしている人間をつきとめた方がよいようだな」

リーは頷いた。

「さすがに鋭い。君が殺されてしまっても、私の努力は無に帰すことになるのだ」

「いいだろう。私は殺人を容認するつもりはない。きれいごとに聞こえるかもしれないが、私は分析家であって工作員ではないからだ」

「適性は工作員に向いているようだが……」

私は瞬《まばた》きした。

「あなたは私のデータも調べたのか」

「ＣＩＡは、そちらが考えている以上に、同リーグのチームのことも知っている」

「なるほどね。では話そう。私は現場から立ち去る男を見ている。がっちりとした白人で口ひげをたくわえていた」

「白人？」

私は頷いた。リーは立っている甥《おい》を見た。広東語でマービンを呼ぶように告げた。

若者は頷くと素早く部屋を出て行き、マービンを伴って戻ってきた。

「彼にも見た男の人相を話してやってくれ」

リーがいい、私はホテルを訪ねたときの出来事をくり返した。

マービンは眠たげな瞳を私に向け、聞いていた。私の話が終わると、

「もう一度会えばわかりますか？」

とだけ訊ねた。

「多分」

マービンはリーを見た。

「彼の協力があれば見つけられるかもしれない」

「フリーだと思うか？」

リーは訊ねた。マービンは首を振った。

「ちがうと思う。おそらくね」

「中国の工作員か?」

私の問いにマービンは残念そうに首を振った。

「それもちがうだろう」

「すると――」

「確かめる他ない。そうすればはっきりする」

マービンはいって微笑んだ。

5

その晩遅く、というよりは朝早く、私は変名で横浜のホテルに部屋をとった。今となっては自分の命を守るためとはいえ、なぜリーのためにここまでするのか、自分でも不思議だった。おそらくアナリストとしての判断が、リーの言葉に嘘《うそ》がない、と信じているからなのだろう。自分の分析に命を賭けたことになる。

翌日の昼間いっぱいを、私はホテルから出ずに過ごした。部屋を出たのは一度だけ、公衆電話を使って米倉と連絡をとり、〝急用〟で自宅を離れているということを告げたときだった。

「いったい何だというんだ？」

「私にも私生活はある」

「女か。このようなときに――」

「あの男がリーを殺した人間についての調査はどうなっている？」

「リーを殺したのがリーであったと決まったわけじゃない。調査はつづけている。リーの弟を何とかして見つけ出すつもりだ」

「マービンという殺し屋についてはどうなんだ？」

「網は張った。しかし奴がリーを狙っているのかどうかもわかっていない。ただ仕事に入っていることは事実のようだ」

「これは私の勘だが、マービンがリーを狙っているとは限らないのじゃないか。逆にリーが自分の身を守るために雇ったとも考えられる」

マービンに対する警戒網が厳しくなれば、私が一緒に行動するのは危険になる。それで私はそういった。

「誰から自分の身を守るんだ？」

「例の白人さ」

「杉がマーク付きの連中の写真を用意した。見てもらいたがっている」

それを断わるわけにはいかない。

「夜でよければ行こう」

「わかった」

「ところで、ヤンキースにはこの件を知らせたのか」

「まだだ。あの死体の身許がはっきりするまでは伏せておくことになった」

「ヤンキースの動きはどうなんだ」

「平和なものだ。リーが日本に立ち寄ったことすら知らんらしい」

ヤンキースとはＣＩＡの日本支局を指している。

「わかった。午後七時に行くと杉に伝えてくれ」

「七時だな」

いって米倉の方から電話を切った。米倉が私の〝私生活〟に疑いを抱いていることは確かだ。

午後五時にマービンから電話が入った。

「ホテルの回りはきれいだ。出るのなら今がいいでしょう」

「彼は、料理屋を出たかい？」

「出ました。あなたの友だちが彼の弟さんを捜しにやって来たのでね」

「君も捜しているようだ」

「私は見つからない。それより今夜、あなたと会うにはどうすればいいですか？」

「六本木にいる。どこかを指定してくれ」

「『アフロ・ストラット』という店があります。そこにきて下さい」

マービンは場所を説明した。

「わかった」

「それじゃ今夜」

私はホテルを出ると徒歩で国鉄の駅に向かった。基礎講習で教えられた項目をひとつひとつ思い出し、尾行の有無を確かめ、あるいは撒く技術を駆使《くし》した。尾行者がいるとは思えなかったし、いたとしても撒いたという自信はなかった。

六本木で地下鉄を降りたときには七時十分前になっていた。痛いほどの緊張感と不安でくたくたでもあった。なぜ、適性検査で私が工作員に向いていると判断されたのか不思議だった。

おそらく不安や緊張を感じない人間では、工作員には不向きなのだろう。

夕方の六本木の街を歩き、私は防衛庁の先の細い下り坂を折れた。小さな喫茶店があり、地下にスナックがある。

狭い階段を降り、私は「完全会員制」と記された扉を押した。

スナックのマスターやウエイターにしては屈強過ぎる男たちがそこには四人いた。

男たちは一様に、白シャツに黒のスラックス、黒い上着に細いバタフライを着けている。上着はどれもゆったりとしつらえられている。特に左の脇が。

「分析の相馬という者だ。一課の杉さんと約束がある」

私はカウンターの内側にいる男にいった。

「お待ち下さい」

男はいってカウンターの下から受話器を取り出し、耳に当てた。ふた言み言話し、私を向いた。

「使用チャンネルは？」

「17だ」

男は確認した。受話器をおろし、カウンターの奥に通じるハネ戸を上げた。

「どうぞ」

カウンターのアルコールキャビネットの下に狭いくぐり戸があった。男がそこを開き、閉まらないように膝《ひざ》で支えてくれた。私は腰を折って戸を抜け、コンクリートの階段を降りた。降りた先は地下道になっていて、防衛庁の本館につづいている。地下道のつきあたりはエレベーターホールで、制服を着た門衛が二人、銃を——それも実弾を詰めた——手に待ちうけている。

彼らはもう一度私の名前とチャンネルを確認し、エレベーターに送り込む。エレベーターは本館の三階に直通で通じている。防衛庁の施設内に公然と入るわけにはいかない人間のための地下道なのだ。

エレベーターを降りた私は防衛局の扉のインタホンを押して、三度目になる手続きをくり返した。

防衛局一課は国内情報、二課が国外情報を担当している。

「お待ちしていました」

電子錠が開き、杉が顔をのぞかせると、私を殺風景な小部屋に案内した。

中央にテーブルがあり、分厚いファイルブックが積まれている。

「ゆっくり見て下さい。もし例の男の写真があったら、その隅の電話で呼び出して下さい」

杉は無表情で告げ、部屋を出ていった。

ファイルブックは全部で四冊あり、私はページをくり出して三十分後に、あの白人の写真を見つけ出した。写真にはひげはない。

シドニー・ハインズという名の四十二歳の男だ。元アメリカ陸軍情報部、タイ、フィリピンの駐在期間が長かった。四年前に麻薬の不法所持で逮捕され、除隊、それ以後はフリーとなる。クライアントはほとんどが西側ばかりだ。反共思想が強く、戦闘能力はAクラスとある。

この男もまた殺しのプロなのだ。

だが反共主義者とは——。私は堅い木の椅子にもたれかかった。もし『老子』がこの男をさし向けたのだとしたら、どうやって雇いいれたのか。

中国情報部にハインズが雇われるはずはない。もしＣＩＡを通して雇ったのだとすれば、リーの亡命工作が知られていることになる。

そのはずもない。

私はその部屋であと二十分ばかりを過ごそうと決めた。時間が来ると内線電話で杉を呼び出した。

「見つからなかった」

私がいうと杉は何の表情も浮かべず、

「残念です」

とだけ答えた。

再び地下道を使い、私は防衛庁の外へと出た。マービンに教えられた店「アフロ・ストラット」を捜す。

そこはディスコサウンドで溢《あふ》れたディスコだった。いささか陰気で古くさく、そして驚いたことに店内にいる男性は、従業員をのぞきすべて黒人だった。

私がよごれたビルのかなりくたびれたエレベーターを降りて店内に入ると、幾つもの厳しい目が向けられた。女性客はほとんどが日本人で、なにかに憑《つ》かれたかのような表情で踊っていた。そのうちの何人かが、冷ややかな視線で私を見た。

「申し訳ありません、当店は――」

私をおしとどめようとした白服のボーイの腕をつかみ、耳もとで怒鳴《どな》った。

「約束をしたんだ！　マービンという男とな！」

ボーイは頷き、私の腕をつかみ返すと、ステージの奥を指した。カーテンがかかっており、その内側に扉がある。

扉をくぐると湿った通路に出た。その先に階段があり、中段でマービンがすさまじく太った黒人と壁によりかかって話しこんでいた。私の姿を認めると、マービンは背をおこした。

「彼が来た。ありがとう、兄弟」

マービンは巨漢にいった。巨漢は顎《あご》の筋肉を震わせて笑うと、マービンの腰を叩いた。

「行きましょう」

マービンは私に合図して階段を下った。一階の踊り場まで来たとき、私は彼の腕をつかんだ。

「待った。話しておくことがある。リーの弟が殺されたとき、私がホテルで見た男の名がわかった。ハインズ、シドニー・ハインズという男だ」

マービンは静かに聞き、頷いた。彼は薄いサテンのスイングトップを着けていた。

「ハインズ。そうですか。だとすると彼が危ない」

「リーが？」

「そう」

マービンはつづけた。

「わけは車の中で話します。さ、急いで」

彼に促され、表に出た。とたんに私はくるりと向きを変えた。

二人の男が乗った車が、ビルの裏口の五十メートル先に停まっていた。言葉を交わしたことはなかったが、顔は知っていた。

「尾行をつけられた。チームの人間だ」

杉はやはり私を信用していなかったのだ。

「わかりました」

「待て、彼らを殺すな」

「大丈夫、任せて下さい」

マービンは頷くと口笛を吹いた。階段の上に巨漢の頭がのぞいていた。マービンが早口で状況だけを説明した。巨漢はわかった、というように頭を頷かせた。

「待っていて下さい。ここで」

マービンはいって再び階段を昇った。私は裏口の壁に体を押しつけ、見守った。

十分は待ったような気がする。実際は四、五分かもしれない。

派手な色に塗られたステップバンが一方通行路のその道をバックで進入してきた。工作員の二人が乗った車の前までバックで退ってくると停止し、エンジンを切った。運転手は例の巨漢だった。ライトを消し、運転台から降りたつと、歩き去った。

監視の男たちは一瞬緊張したようだが、巨漢が歩き去るとともに、再び注意をこちらのビルに向け直した。

数分が過ぎた。

突然、猛スピードの乗用車《スカイライン》が路地から走り出してくると、工作員たちの車の左すれすれのところで急停止した。同時にステップバンのリアドアがはねあがり、マービンが荷台の上に膝をついているのが見えた。両手で大型の自動拳銃を構え、フロントグラスごしに二人の工作員を狙っている。

男たちは驚愕に表情を凍《こお》らせた。運転席のドアはガードレールで、助手席のドアはとび出してきた乗用車で開くことができない。

マービンが手を振ると、乗用車がわずかだけ後退した。工作員たちは素早く座席からおろされ、自分たちの車のトランクに入るよう命じられた。

一瞬の早業《はやわざ》だった。なす術《すべ》のないまま、監視者は動きを封じられたのだ。

彼らがトランクに押し込められると、マービンは銃をスイングトップの内側にしまい、私に手を振った。

私は裏口を走り出た。マービンは巨漢と交代してスカイラインの運転席に乗り込むところだった。

私がその助手席にすべりこむと、マービンはアクセルをぐっと踏みこんだ。

「鮮やかだったよ」

私はシートに背を打ちつけながらいった。

「ゲームのようなものです。それより、ミスタ・リーのことが心配だ」

マービンは外苑東《がいえんひがし》通りを横ぎりながら答えた。

「どういうことなんだ？」

「フリーランサーには、たいてい決まったクライアントがいます。同じＣＩＡでも、誰がどのフリーランサーを使うかは決まっているものです。ハインズを使っているのは、ケージという人物で、極東支部の大物です。ケージは、ミスタ・リーの数少ない友人で、今回、横浜を出た彼に隠れ家を用意してくれた人物なんです」

「どういうことだ？」

私は首を振り、訊ねた。

「ミスタ・リーは、ケージにだけは日本にいることを打ち明け、秘密の隠れ家の手配を頼んだのです。無論、亡命の話はしていませんが。

問題は、ケージがミスタ・リーの亡命のことを知り、ハインズを使って消そうとした張本人だということです」

「なぜだ？」

「ハインズを使えるのは、ケージだけです。ではどうしてケージが、ミスタ・リーの亡命を知ったか」

「『老子』が教えた?!」

「そう。おそらく、ケージは中国共産党に買収されたスパイなのでしょう。『老子』は、ケージを使って、ミスタ・リーを消そうとしたんです」

「馬鹿な。『老子』はアメリカ側のダブルスパイじゃないか」

「ケージはそれを知らない。『人民政府の敵』としてミスタ・リーを処刑するつもりです」

何ということだ。裏切り者が裏切り者を使って殺しあいをしている。

「なぜ『老子』は今までケージを告発しなかったのだろう、ＣＩＡに通報して」

「彼の、こういう場合に備えた隠し札だったのですよ」

スカイラインは六本木通りを疾走していた。日赤《にっせき》医療センターの道を折れ、広尾《ひろお》、恵比寿《えびす》方向へと向かう。

一軒の高層マンションの前まで来ると、マービンはスカイラインを急停止させた。

「リーを救うつもりなのか？」

「そうです」

「しかし彼はもう殺されているかもしれない。それに中には、ケージやハインズが待ち構えている。ケージと争えば、君は『アメリカの敵』として追われるぞ」

マービンは微笑んだ。

「あなたも祖国より、真実を選んだ。私には祖国はないも同じです。だが信頼関係は裏切るわけにはいかない」

「それほどリーを？」

「彼は信用できる」

マービンはきっぱりいってスカイラインのドアを開いた。

マンションのロビーは、最新式のカードシステムを使ったオートオープナーになっていた。カードを持たない人間は、住人にインタホンで連絡し、内側から開けてもらう機構だ。

マービンは銃を抜いて、ロックシステムに狙いをつけた。

「待て！」

私は叫んで、ホテルのドアを開くときに使ったカードをオープナーに差しこんだ。メカニズムが作動し、ガラス扉がするすると開いた。

「ありがとう。あなたはどうします？」

マービンは私を見た。

「ここで帰れるわけがないだろう」

私は叩きつけるようにいって、エレベーターへ走った。マービンがあとから乗り込むと、十八階のボタンを押した。エレベーターが上昇し始めると、マービンはかがみこんでレザーパンツの裾をめくった。ガムテープで固定されたスナブノーズのリボルバーを、足首からはがす。私にさし出していった。

「使い方は？」

「基礎は知っている」

マービンは歯を見せた。

「それならいい。あとは人に向けてトリガーをひけるかどうかだけだ」

私は受けとった。五発の三十八口径弾が装塡《そうてん》されていた。

エレベーターが止まり、私たちは厚いカーペットをしきつめた廊下に出た。マービンが足音を殺して走った。大型の猫を思わせる動きだった。

つきあたりの部屋の扉までくると、私たちは銃を手にした。ドアをはさむように壁に背中をあてる。マービンが左手にカードをつまんだ。私をちらりと見上げ、キイホールにさしこむ。

次の瞬間、マービンが渾身《こんしん》の力でドアを蹴った。チェーンロックがはね飛び、部屋の内側で、うしろ向きにテレビを見ていた白人がソファから躍りあがった。

ハインズだった。驚きに目を瞠《みひら》きながらも右手を白いスーツの内側にすべりこませた。

マービンの銃が破裂音をたてた。サイレンサーを装着した九ミリのオートマティックだった。ハインズの右肩が爆《は》ぜて、血沫《ちしぶき》を上げた。テレビにぶちあたると、そのまま崩れる。右手から銃が落ちた。

テレビが傾いたまま、FEN有線のニュースを送りつづけた。

マービンと私は部屋に入りこみ、入口のドアを閉めた。その部屋は左右にドアがあり、どちらも閉まっている。どちらからも物音ひとつ聞こえなかった。

マービンは胸の高さに銃を構え、左右に視線を走らせた。

私はハインズに走りより、銃を取りあげた。ハインズは薄く目を開き、浅い呼吸をしている。長い時間放置すれば、失血死するだろう。

「ミスタ・リー」

マービンが低い声で呼んだ。返事はどこからもなかった。

マービンが左側のドアに歩みよった。ノブをつかみ、体を離して、さっと押し開いた。中は暗闇だった。

ぱっと右側のドアが開いた。左側の部屋をのぞきこんでいたマービンの背に銃弾が発射された。マービンはふり向かず、反射的に身を伏せた。左肩を弾丸がかすめ、マービンは床に叩きつけられた。

右手に四十五口径のオートマティックを手にした小柄な白人が現われた。白人が私に気づき、銃の向きを変える寸前、私はソファの陰から発砲した。小さなリボルバーが私の手の中で跳ねあがった。白人の太腿に弾丸が命中し、体を捻《ひね》らせた。

マービンがさっと膝をつき、白人がもう一度銃を構え直す前に撃った。白人の額の中央に穴が穿《うが》たれ、それを見た私は吐きそうになった。

私たちは立ち上がると、白人の死体をまたぎこえた。右側の部屋は、何の家具もないガランとした八畳間で中央に椅子に縛りつけられたリーがいた。かたわらに、彼の甥が首を絞め殺されて、ころがっていた。

「ミスタ・リー」

ひと目でリーの命がそう長く保《も》たないことがわかった。白人は訊問に薬ではなく、カミソリを使っており、多量の血溜りがビニールをしいた床にできていた。

リーは血の気を失った唇を震わせた。

「ボタン……」

「ボタン？」

「ボタンを押しちがえた……ようだ……」

ケージのことをいっているのだろう。

「教訓、に、なる。ミスタ……ソウマ……」

「喋らない方が――」

リーは弱々しく首を振った。

「スウィッチ・ナイフのようなものだ……。誰かを傷つけようと……飛び出した刃が、自分の手を……傷つける……。『老子』にとっても……私に、とっても……」

私ははっとした。これはひょっとすると、CIA内部に入りこんだ中国スパイを摘発するために、リー自《みずか》らがたてた作戦ではなかったのだろうか。亡命への置き土産《みやげ》として。

私はそれをリーにいった。リーは微笑んだ。

「さすが、だ。私は癌《がん》で、一年、しか生きられない、はず、だった……。長官、は、私が河北省で死ぬことに、同意して、くれた……。誰も知らなかった作戦。『スウィッチ・ブレード』……」

リーはぐったりとなった。

私はマービンと見つめあった。

「……私は消えます。あなたは、どうします？」

マービンは苦い笑みを口元に浮かべていった。

「誰かが残っていなくては」

私はいった。

「リーの役割を説明し、彼の最後の分析報告が有効なものである、と説明してやらなければならない」

マービンは小さく頷いた。

「待て、君は、リーから報酬を受けとったのか？」

マービンは微笑んで首を振った。

「CIA長官に請求書を送ります。彼は、払うでしょう」

「そうか」

私はリーの瞼《まぶた》を閉じてやり、中央の部屋に戻った。電話を取り上げ、チームの直通番号を回す。

怒り狂っている米倉に事情を話して受話器をおろすと、傷ついた黒人の姿はどこにもなかった。

私は窓ぎわに腰をおろし、煙草をくわえた。

そして、スウィッチ・ブレードの刃の上をそれと知らずに歩く男たちが駆けつけるのを、待った。

死ぬより簡単

SCENE 1

むし暑い晩だった。いつもなら、発電所や海軍基地のある湾から、西の風がふくのに、今夜は、あけはなした窓べのカーテンはそよとも動く気配がない。

彼女はシャワーを浴びたあとの素肌に絹のローブを羽織《はお》って、ドレッサーの前に腰かけた。ローブは彼女が秘書をつとめる市長からのプレゼントだった。青地に、薄い白のストライプが入っている。市長は、彼女の家を訪れるたびに、何かしらプレゼントを持ってくるのだ。

——あたしにくれるものの半分でいいから、奥さんにあげたら？

そういって彼女は市長をからかったことがある。でっぷりと太った市長には、痩せぎすでヒステリー性の妻がいる。オフィスにたまに現われると、猜疑心《さいぎしん》のこもったいやらしい目つきで、彼女のことをじっと見つめるのだ。

(そうよ、あんたの思ってるとおりよ、ミセス・市長)

彼女は鏡に向かっていった。

四人も子供を生み、それを育てることに全身全霊を使い果したあんたと、ひとりも子供を生まず、あんたより十以上も若いあたしと、市長がどっちの上にのっかりたがるかは、一目《いちもく》瞭然《りようぜん》じゃない。

ゆるく前を結んだローブからは、はりを失っていない胸のふくらみと、うっすらと血管を浮かびあがらせた白い肌がのぞいている。

(太ももだって、ほら、あんたのように肉がだらしなくたれさがってやしないわ。そのために毎週、ヨガに通っているんですもの)

彼女は鏡に、わざと膝《ひざ》を開いてみせた。ハイヒールの似合う細くしまった足首、ごつごつとしていない膝、そしてその奥の、市長以外の男たちも魅了してやまない、貪欲《どんよく》で歓びに満ちた泉。

(水道局長も、海軍基地の若い少佐も、わたしのこのあんよには首ったけよ)

彼女は、ほっと息を吐いた。ようやく熱いシャワーがもたらした汗がひこうとしていた。

この町に帰ってきてよかった——彼女は寝る前には決して欠かさないパックにとりかかりながら思った。

この町を出ていったのは十八のとき、もう二十年近く前だ。北部の大都会で、映画女優になるのが夢だった。

ウェイトレスをやりながら俳優養成所に通い、二十《はたち》で小さな役を貰《もら》うことができた。

「警察よ！」

たったひとことのセリフで、彼女は銀幕にデビューを果した。二流のアクション映画で、スタッフの半数以上がイタリア人だった。

「警察よ！」

シーンナンバー29の、その場面を、彼女は決して忘れることはないだろう。二年前、なにげなくつけたテレビのレイトショウでその映画をやっていたとき、彼女は全身が震えるほどの興奮を感じたものだ。

あのときは確か、水道局長が泊まりに来ていた。

——もうすぐよ、もうすぐわたしが出るわ
凶悪犯がたてこもったスラム街のアパート、ショットガンの銃口が窓からつきだされている。とり囲む群衆、そしてサイレンを鳴らしながらつっこんでくるパトカー。

「警察よ！」

群衆の中の彼女が叫ぶ。そのセリフが終わらぬうちに、ショットガンが火を噴《ふ》く。先頭のパトカーのフロントグラスが粉々に砕けちる。

助手席に乗っている、クールなタフガイが主人公だ。食べかけのハンバーガーを口にくわえたまま、フロントグラスの内側からマグナムを撃ち返す。

——え、どれ？　わからなかったよ

ひどい近眼の水道局長が眼鏡《めがね》をもちあげて画面をのぞいたときには、シーンは終わっていた。

彼女は答えず、パトカーの運転席にすわる、若い制服警官を見つめていた。

イタリア系の彼は、監督のおいで、準主役のこれが、やはりスクリーンデビューだった。

ラスト近く、血染めの制服姿で、主人公の腕の中、息絶える。

クランクアップ後、彼女はその男と暮らし始めた。

わかったのは、酒とドラッグが大好きな、ひどい女蕩《おんなたら》しだったということ。警官どころか、犯人役が似合いの、典型的なよた者だった。

暴力行為と麻薬所持で、二度逮捕され、二度とも彼女が保釈金を工面《くめん》した。なのに、そいつがしてくれたのは、殴ることと、兄貴分のイタリア男を押しつけることだけ。

別れるといったとき、二度と映画の仕事をできなくしてやる、とおどされた。

けっこう、もう未練はないわ。

女優から足を洗い、小さなマネキン事務所に入った。スーパーで洗剤を売るのが仕事のすべてだ。しつこい店長につけ回され、やむなくつきあったこともある。もっとも、おかげでその月の彼女のセールスは断トツにあがり、所長からボーナスが出たが。

実ることのない、いくつかの恋のあと、町に帰る決心をした。大都会にいても、チャンスはめぐってこないと思い知らされた。

町に帰ってみてわかったこと。

自分の体にしみついた、大都会のけばけばしい、しかしどこかうすよごれた匂いが、男たちをひきつける。

両親は、もうとうに死んでいた。小さなアパートを借り、勤め口を捜した。職業斡旋所の年老いた係員が、まず彼女に甘いチャンスを与えた。

——市役所が秘書業務をこなせる女性を募集しているが、経験は？

彼女はにっこり笑ってみせた。北部のスーパーマーケットの数だけ、笑顔には自信がある。

——もちろんよ

——よかった。あたしの方から推薦をしておこう。ところで、この街には長いことといなかったようだが、おいしいピザハウスが今どこなのか知っているかね？

——いいえ

——よかったら案内してあげよう

そして今、小さな家を借り、悠々自適の暮らし。市の秘書課でも、一番重要なポストに、彼女はついている。発電所や軍基地との、市としての連絡を保つ係りだ。

そのポストについたのは二年前だった。市長と寝た半年後だ。ポストは、地位だけでなく、収入もまた増やしてくれた。

北部の大きな組織、通称コーポレーションが、彼女にアルバイトをしないか、ともちかけてきたのだ。アルバイトの内容は、情報を売ることだった。

情報といってもたいしたものではない。海軍基地でもよおされたパーティに市の誰が出席し、誰が出席しなかったか、とか、発電所の定期点検に誰が立ちあい、そのとき本社から来たトラックに「発電所反対」のプラカードを持って立ちふさがろうとした者がいなかったか、とか、そんな内容だ。

小さな町の小さな出来ごとに過ぎない。毎月、シュレッダーにかける書類のいく枚かをコピーして郵送すればすむことだ。

郵送先は、通信販売会社の名になっていて、それだけで彼女の口座には家賃分の金額が振りこまれる。しかも、コーポレーションの仕事は、国を守ることだという。胸をはってできるアルバイトだ。

ただ、こんな小さな町にも、反戦主義者やコミュニストがいる。そいつらからいやがらせを受けないとも限らない。

――だから、秘密にしておいて下さい。これは、あなたと国家との間だけの秘密です
コーポレーションから来た、二枚目の男はそういった。隣り町の小さなコーヒーショップで待ちあわせたのだ。そのとき男は、本物のバッジのついた身分証を彼女に見せた。

主役の腕の中で息絶えて見せた、ろくでなしのあのイタリア人が胸につけていたのとはちがう、本物のバッジだった。

彼女は、その男ともっと話してみたかった。男が望むなら、借りたばかりの家に泊めてやってもいい、とさえ思った。ベッドのシーツは、きのうの夜、市長が帰ったあと替えたばかりだし……。

だが男は、誓約書に彼女のサインをもらうと、長居は無用とばかりにひきあげていった。

それきり、二度と会ってはいない。

コピーを送る、金が振りこまれる、それだけの関係だ。

一度だけ、たった一度だけ、電話をくれたことがあった。

――やあ、元気ですか

――元気よ

――よかった。ところで、この間、お話しした、隣り町の友だちから連絡はありますか

――いいえ

――そう。きっと元気なんでしょう

隣り町の友だち、とは、彼女に連絡をしてくる可能性のある、コーポレーションのもうひとりの人間だった。

会ったこともない、名前も知らない。

ただ「掃除人（クリーナー）」という呼び名だけを教えられていた。ちなみに、彼女の呼び名は「秘書（セクレタリー）」だ。

面白くもおかしくもない、呼び名だった。それでも、自分だけの呼び名に、彼女は喜んだ。しばらくして、もうひとつのアルバイト先が見つかったときも、彼女は、同じ名で自分をファイルするよう、そこに要望したものだ。

もうひとつの組織は、ファクトリーという通称で呼ばれていた。コーポレーションと似たような組織だが、ファクトリーにはそれほど秘密めいた匂いはない。支局《オフィス》が、コーポレーションとちがって、どの町にもあるせいかもしれなかった。

ファクトリーには、電話で要請があったときだけ、彼女は協力した。支局員と、ときおりランチを共にするのだ。ただし、場所は、いつも彼女の家だった。支局員は遠くに車を駐《と》め、人に見られるのを警戒しながらやってくる。

ファクトリーの支局員は女で、しかも彼女よりも年上だった。

男だったら、もっと楽しかったろうに。ゴシップ好きとしか思えない、その支局員に、町のいろんな話をしてやりながら、いくどとなく彼女はそう思ったものだ。

ランチは、たいてい支局員が持ってくるファーストフードだった。たまに、ほんのときどき、彼女は自分で料理したパスタを出すことがあった。そうすると婆さんの支局員は大喜びで食べた。イタリア人のろくでなしが教えてくれた、唯一《ゆいいつ》のことが、パスタの上手な茹《ゆ》で方だったのだ。

ランチのあと、一週間もすると、やはり家賃分の金が、ファクトリーからも振りこまれた。振込人は、実際にはいもしない、彼女の叔母《おば》の名になっている。

通販会社と叔母からの振りこみのおかげで、彼女の暮らしはぐっと豊かになった。それに男たちからのプレゼントもある。

悪い暮らしではない。生まれて以来、初めて、満足できる暮らしをしている、ともいえた。むろん、コーポレーションにもファクトリーにも、互いにもうひとつのアルバイト先があるとは話していない。

セクレタリーという名で呼ばれている情報提供者が、それぞれの組織にひとりずついて、同一人物とは誰も思ってはいない――そう考えるのもまた、彼女を愉快にさせることだった。


電話が鳴った。

乾いたパックをくずさないように、彼女がブラッシングをしているときだった。

時計は、ドレッサーのすぐ横のテーブルにあった。十一時を回っている。

こんな時間に電話をしてくるのは、市長ではない。四年前に妻をなくした水道局長か、独身の海軍少佐だが、少佐は、演習で港を離れている。

九十八回までかけたブラシを、あと二回かけるまで、彼女は電話をとらなかった。水道局長なら、呼びだし音の五回や十回であきらめる筈《はず》がない。

百回めが終ると、彼女はブラシをおき、受話器をとりあげた。

「もしもし……」

「セクレタリーか？」

不自然なきんきん声がいった。老婆のような、それでいて変声期の少年のようにも聞こえる。

彼女は一瞬無気味な思いにかられたが、すぐに可変機を使って歪《ゆが》められた声だということに思いあたった。テレビの告白ドキュメントからよく流れてくる声だ。

「そうだけど、あなたは？」

彼女は訊《き》き返した。

「クリーナーだよ」

初めて声を聞く、隣り町のアルバイト仲間だった。不安がこみあげたが、それをおし隠して、彼女はいった。

「そう。初めまして。それで、何の用？」

「あんたに会わなきゃいけない。緊急に」

「どうして？」

「それは会って話すよ」

「そう、じゃあ明日の……」

「駄目だ。今すぐ会いたい」

「そんなことをいわれても……」

「これは大事なことなんだ。あんたは今、ひとりかい」

「ひとりよ。でも——」

「けっこう。明りを消して、普段どおり、ベッドに入っているんだ。ただし、玄関のドアの鍵は開けておけ」

彼女は息を吐いた。ここは、いうことに従う他ない。同じコーポレーションの人間ならば、信用はできる——筈だ。

「わかったわ。明りを消して、ベッドに入ってる」

「よろしい。それほど待たせない」

電話は切れた。

第三次世界大戦が起きたというわけでもないのに、何をさわいでいるのだろう。

彼女はメンソールの煙草《たばこ》をくわえると、慎重にパックをはがし始めた。

SCENE2

通報は、配達を頼まれていた食料品店の少年によってなされた。

少年が、朝早く、わずかに開いていたドアを、抱えていたダンボール箱で押し開くと、ウイスキーの匂いが鼻をついた。割れたウイスキーの壜《びん》が床に四散していた。

名前を呼びながら、少年は奥の部屋のドアをノックした。受領のサインが必要だったからだ。

返事はなく、そのドアを開けると、ベッドの上に仰向けに横たわった全裸の彼女の姿が、目にとびこんできた。

彼女の両手は喉《のど》をかきむしるように指先がまがり、目は瞠《みひら》かれたままで、口からは黒ずんだ舌がつきでていた。

保安官事務所からの連絡で到着した検死官は、絞殺と判断した。

凶器は、彼女の喉ではなく、ベッドのヘッドボードに残されていた。そのときは、それを、凶器とは特定できず、保安官事務所の人間は、家の中を懸命に捜しまわった。

解剖の結果も、死因はかわらず、凶器は、ロープや紐ではなく、細く硬度のある針金のような物という判断が下された。

それでようやく、ヘッドボードにあった品が凶器と断定されたのだった。

SCENE3

列車は、青々とした牧草のしげる丘陵地帯を走っていた。丘の彼方に水平線がかいま見える。

窓辺にすわっていた小太りの男は、脚を組みかえると、丸まっちい腕にはまった時計に目を落とした。あと一時間足らずで、目的の町に到着する。

長い旅だった。列車に乗りこんでから七時間がたっている。飛行機なら、一時間と少しでこられたろう。

ただし空港は目的の町にはない。軍港のある隣り町のそばだ。そこからレンタカーを借りて、四、五十分。

二時間と七時間の差だ。

だがそれでも男は列車の方がよかった。飛行機には、うんざりしている。できるだけ乗りたくはない。本当のことをいえば、大嫌いだった。

地つづきの土地以外で仕事をするときは別だが、そうでなければ、車か列車で移動する方がよかった。

飛行機の中は落ちつかない。書類に目をとおしても、内容はちっとも頭に入らないし、汗をひどくかく。特に、離着陸のとき、男は真冬でも汗みどろになった。

その点、列車は快適だ。落ちついて本は読めるし、景色はいい。五時間の差を、むしろ楽しむことができる。

唯一の欠点は、禁煙なので、煙草が吸えないことだ。もっともそれは飛行機も同じだが。どうしても吸いたくなったら、トイレで吸えばいい。飛行機ではそうはいかない。

男は、この六時間のあいだに、二度ほどそうして煙草を吸っていた。

たった二度だ。ひょっとしたら、煙草をやめることもさほど難しくはないかもしれない。

だが、やめたとして、何の得がある。

待つことの多い、仕事の時間を、これからはどうやってつぶしていくのだ。

やはり、やめない方がよさそうだ。

男はそう結論して、窓に目を向けた。

最後の丘を越えた列車は、なだらかな下り勾配《こうばい》にさしかかっていた。

線路の左手に、今までよりはっきりと海が見える。海軍基地はその方角だ。駅でいえば、目的の町の次にあたる。

基地のある町の方がやや大きく、電力会社や高校もあって市制をしいている。

これから行く町は、本当に小さな、何もないところだ。

ハンバーガーショップ、ピザハウス、それに国道沿いの、トレーラー相手のカフェテリア、店といえばそんなところだろう。

ものを買うのは、小さなスーパーマーケット。洒落《しゃれ》た品は、通信販売か、車で二時間ほどかかる大都市にでも行かない限り、手に入らない。

あの男が、そんな町で暮らしていられるとは驚きだ——男は思った。

本当に何もかも忘れちまっていたから、できたのだろう。

俺なら、とてもそんなところには住めない。

たとえ、かわいい女房をもらって、子供が生まれたとしても。

あの男には、子供はできなかった。それも、長いこと本社があの男から目を離さなかった理由だ。

女房だけと、子供もいるのでは、大きくちがってくる。女房だけなら、いつでも動くことができるからだ。子供がいては、そうはいかない。

いつだって、子供はアキレスの踵《かかと》だ。

だがそれにしても、こんな田舎《いなか》で——。

よそう、男は首を振った。先入観を持つのはよくない。会うまでは、何も考えないことだ。会ってみれば、自然に結論が出る。いや、結論を出さざるをえない。そのために自分は来たのだ。

左手の海は、いつのまにか近づいてきた森に消されていた。森の中を抜ける国道と線路は並行し、列車はその国道をいく車と競争して走っていた。

反対車線を、青と白に塗り分けられたパトカーが走り去っていった。あたり一帯を管轄とする保安官事務所のものだ。

保安官事務所が、事件後三日経過した今も、手がかりを何もつかんでいないことはわかっていた。

凶器がわかっただけでも上出来なのだ。

毎日、本社に何千枚と送られてくるテレックスの一枚に、事件のことが記載されていた。人間ならば見過《みす》ごしたろう。だがコンピュータは、使われた凶器に反応した。八年前の記録がたちまち吐きだされた。

人間は記憶、機械は記録だ。

記憶はどんどん薄れ、塗りかえられていくが、記録は決して失われない。細長いテープの中に半永久的に残りつづける。

列車が踏み切りを渡った。国道を越え、町に近づいたのだ。

男は立ちあがり、着替えをつめこんだスーツケースを荷棚からおろした。着替えは三日分、それ以上をこの仕事にかけるつもりはなかった。

町の大きさに似合いの、小さな駅だった。降りたった人間は、男のほかには、籠《かご》に入った子犬を連れた老人だけだ。

老人は、迎えにきていた息子と覚《おぼ》しい若者のトラックに乗りこんで走り去った。

駅は小さな建物で、改札口がそのまま、表の道路に面している。しかもその道路が、町の目抜き通りといってもよいようだった。

ドラッグストア、コーヒーショップ、金物店、食料品店、少し離れたところにフランチャイズシステムのハンバーガーショップが建っている。

道の両側には、ほこりをかぶったシュロの木が植わっていた。海の方角からさす、夕陽を受け、町全体が黄色っぽくかすんでいる。

男はスーツケースをひきあげると、道路に向け歩みだした。

まず車を借りて、それから塒《ねぐら》を捜すのだ。

最初に目に入ったガソリンスタンドで、男は車を借りられるところがないかを訊《たず》ねた。

応対にでてきたオーバーオールの若い男は、裏の修理工場で車を貸している、ただしクレジットカードは使えないぜ、と爪楊枝《つまようじ》をくわえた口の端《は》でいった。

「いいとも。クレジットカードは使わない」

「じゃあ、行ってみな」

裏に回ると、油じみたガレージと木造の建物が目に入った。

「レンタカーかい」

出てきた男は、ガソリンスタンドの男と同じに見えた。顔つきもそっくり、爪楊枝をくわえているところまで同じだ。ちがうのは服装で、こちらはオーバーオールではなく、普通のジーンズにセーターを着《つ》けている。

「驚いたか。あんたの会ったのは、兄貴さ」

修理工場の男は、にやっと笑ってみせた。

「双子か」

「そういうことだ。どっから来たんだい」

男は街の名をいった。嘘《うそ》だった。よく行く街だが、住んだことはない。

「仕事かい？」

「まあな」

「こんなしけた町に何の用だ。セールスマンにも見えないが」

双子の片割れは、じろじろと男の身なりや荷物を点検していた。

「荷物はあとで来るのさ」

「そうかい。百科事典のセールスなら、うちはいらないぜ。兄貴のところへ行ってみな。兄貴の嫁さんはインテリだからよ」

「百科事典じゃない」

「じゃあ何だい」

「機械さ。コンピュータとか、プロセッサのたぐいだ」

「そんなのはいらねえな」

爪楊枝をぺっと吐きだして、双子の片割れはいった。

「そういうたいした機械にゃ用はねえ。図書館か、隣り町の高校にでも行ってみることだ」

男は肩をすくめた。

「そうさせてもらうよ」

「車だが、今、あんまり程度のいいのはねえんだ。走るだけって代物で、エアコンも動かねえ。もっとも冷やしたくなるのは、昼間のいっときだけだからよ」

「それでいい」

「払いはあとでいいが、保証金を一応、預かっとく。兄貴がうるせえからな……」

男は頷《うなず》いて、財布《さいふ》を出した。保証金の額は高いものではなかったが、それでも双子の片割れは、気がとがめるようだった。

金をジーンズのヒップポケットに押しこみながらいった。

「本当はよ、兄貴じゃなくて、兄貴の嫁さんがうるせえのさ。なんせ、インテリだからよ」

「いいんだ」

男は首を振った。双子の片割れは、預かり証をよこす気配はなかった。かわりに、ガレージの壁の釘にかかったキイをつまみあげ、二人のすぐ目の前にある旧型のセダンをさした。

「こいつだ。ガソリンは半分くらい入ってる。なくなったら兄貴のところで入れるといい。割り引きにはならねえが、この町には他にスタンドがねえからよ」

車は、少なく見つもっても十年は前のタイプだった。フェンダーの塗装があちこちはげ、ホイールキャップもない。

男はタイヤだけは慎重にチェックした。さほどすり減ってはいない。これなら、いきなりパンクで立ち往生という羽目はなさそうだった。

「エンジンは大丈夫だ。俺が手をかけてるからな」

双子の片割れは油のついた人さし指を振って、片目をつぶった。

「そうだろうな」

「それから泊まるんだったら、この先の国道を西へ二十分ばかり走った右手にモーテルが一軒ある。建物は古いが、シーツはそれほどきたなかねえって噂《うわさ》だ。それ一軒きりしかねえから、すぐにわかる筈だ。いやなら隣り町まで行くこった」

「隣り町までは、車でどのくらいかかるんだい？」

「一時間かかんねえくらいだ。あっちは、ここよりは、人も店も多いぜ。海軍基地と発電所があるからな」

「そうか」

「セールスならそっちがいいぜ。それと、一杯やりたくなったら、モーテルからもう少し西へ行った、隣り町との中間に、玉突きバーがある。飯はたいしたことないが、ビールはいつでも冷えてるぜ、ただし――」

双子の片割れは再び油でよごれた人さし指を振った。

「金髪のウェイトレスには手を出すなよ。あれは、俺のスケだ」

「気をつけよう」

男はいって、にっこり笑った。人なつこい笑みだった。双子の片割れもつられて笑ったほどだ。

「オーケイ、いろいろ感謝する」

男は頷いて、いった。

「お安い御用だ。何かあったら、双子のとこで借りたっていやあいい。保安官もよく知ってる。もっとも保安官は、今それどころじゃねえがな」

「どうして？」

「隣り町の市長の秘書が殺されたのさ。いい女だったのによ、もったいねえ話だ。くびり殺されたんだ。どこの変態野郎かは知らねえが、殺すだけ殺して、やることはやってねえとさ。やるだけやって、殺さなけりゃ、俺にもチャンスがあったのによ」

「若い女だったのかい」

「いや、年増だよ。三十七かな。でも見えなかったな。ずっと北部にいたらしくて、垢ぬけてたよ。俺も何度か、見かけたことがある。兄貴んところでたまにガソリン入れてたからな。あれでなかなかやり手だったらしいぜ」

「ほう？」

「市長との仲は有名だったが、他にもいろいろ遊んでいたんだ。葬式んときは、人目もはばからずギャーギャー泣いてたのがいて、そいつが水道局長だと」

「なるほど。で、犯人はつかまりそうなのか」

「どうだかな。基地の若い兵隊じゃねえかって噂もあるが、本当のところは、市長あたりがくせえと俺はにらんでるんだがな。こいつは、内緒だぜ」

双子の片割れは、声を低めた。

「若い愛人に浮気されりゃ、面白くなかろうよ、年寄りは」

「それもそうだな」

男はあいづちを打った。

「過ぎた遊びは身を滅ぼすってよ、うちの爺ちゃんがいってたもんさ」

男は無言で頷いた。

「まあ、いいってことよ。いずれ、保安官がひっくくるさ」

「だといいな」

男は笑って、セダンのドアを開いた。嚙み煙草の匂いが、車内にはしみついていた。

「内緒だぞ、さっきの話」

「わかってる」

男は助手席にスーツケースをおいて、ハンドルを握った。

「じゃあな、国道を西だぜ」

「西だな」

男は手を振って、車を発進させた。

へたったサスペンションが、タイヤの弾《はず》みをそのまま車体に伝え、車はそのたびに、右や左にかしいだ。

それさえ我慢するなら、なんとか乗りこなせそうな車だった。嚙み煙草の匂いも、慣れてくると、そうは気にならない。

男はいわれた通り、国道に出ると、車を西に走らせた。

すれちがう車の数はさほど多くはなかった。長距離輸送の大型トレーラー以外は、ほとんどが地元のプレートをつけた、バンやトラックだ。

モーテルはすぐに見つかった。かなり昔に建てられたものらしく、建物は大きくて、敷地もたっぷりとってある。

客は車の数で判断するなら、男の他にふた組しかいない。

サスペンダーを吊るした老人のフロント係りに金を渡し、男はチェックインした。モーテルではクレジットカードが使えたが、使う気はない。

宿帳に記入した住所は、修理工場の男に話した街のもので、名前は、持っている通販会社の身分証と同じサインをした。でたらめだが、身分証の通販会社に電話をすれば、その名の社員がいることを、交換手は証明してくれる。

部屋に入ると、まず男はシャワーを浴びた。それから、部屋の電話が外と直通になっていることを確かめ、通販会社の番号を押した。

交換手が出ると、内線番号をいう。

回線がつながり、男は相手に早口で告げた。

「道化《クラウン》だ。いま町についた。モーテルの名は……」

SCENE4

道化と名乗った男は、そっと車のドアを閉めた。夜の森はやかましいほどの虫の音で満たされていた。ドアを閉じる音は簡単に吸収される。

それでも男が落ち葉を踏みしめて歩きだすと、行く手の虫たちはぴたりと鳴きやんだ。

森の反対側、海からふく風が、さやさやと木の葉をゆらしている。かすかに湿っぽいのは、潮を含んでいるせいかもしれない。

森の道の切れ目に、一軒の家があった。簡単な食料品と雑貨を売っている、店とも呼べないような、よろず屋だ。

家の入口の、わずかなスペースが商品を並べる場所で、缶詰めやチョコレートバーがうっすらとほこりをかぶっておかれている。

ショウウインドウは木の格子窓《こうしまど》で、そこから洩《も》れる明かりは、森の道の入口までとどいていた。

家は簡単な二階屋で、横手に扉のないガレージがあった。幌《ほろ》つきのトラックと、ハッチバックタイプの小型車が駐められている。どちらも年式は古い。

格子窓の右手に、その家の居間があった。カーテンが開いていて、布ばりのソファと点《つ》いているテレビが見える。居間の奥は、キッチンらしく、動き回っている女のうしろ姿があった。長い髪をうしろで束ねているので、女とわかったのだ。

格子窓に「閉店」のプレートはなかった。眠るまで、店を開けておくつもりらしい。どうせ客といっても、来るのは、付近の何軒かの家の人間か、気まぐれなハイカーくらいのものなのだろう。

道化は慎重に家に近づいていった。その家の主《あるじ》がどこにいるのかが問題だった。

格子窓の奥にも、居間にも、それらしい男の姿はない。

格子窓まで、あと数歩の距離まで来たとき、左手のガレージで物音がした。誰かに話しかけているような声がそれにつづく。

道化はぴたりと足を止めた。ゆっくりと首を回し、二台の車の奥をのぞきこむ。

こちらに横顔を向けるようにして、灰色の髪をした男がしゃがみこんでいた。足もとには二匹の猫がいて、与えられた皿の中に頭をつっこんでいる。

先に道化に気づいたのは猫の方だった。一匹がさっと顔をあげ、道化の方をにらんだ。舌でぺろりと口の周りをなめ、ついで低い声で鳴いた。

灰色の髪の男が頭を動かし、道化を見た。表情に乏しい、陰気な顔だちだった。顎《あご》の線がはり、細い目は考えを読みとらせない。

「やあ」

道化は、家の中までは聞こえないような声でいった。

男は膝をのばした。小柄で太っている道化に比べ、頭ひとつほど長身だった。背は高いが、痩せてはいない。ひらべったい、筋肉質の体つきをしていた。ジーンズに、綿の長袖のシャツを着け、袖《そで》をまくりあげている。

立ちあがった灰色の髪の男は頷いた。

「やあ」

低い、愛想のない声だった。

道化は笑みを浮かべた。

「あんたに会いにきた。できれば、ふたりで話したい」

「本社の人か」

灰色の髪の男は瞬《まばた》きもせずに、道化を見つめ、いった。

「そうだ」

「今頃、何の用だ？」

道化は肩をすくめた。

「いろいろ、話が聞きたい」

灰色の髪の男はしばらく黙っていた。やがて顔を振って、いった。

「この先に、小さな沼がある。ベンチがおいてあるから、そこで待っててくれ」

道化は頷いた。

「奥さんには内緒だろ」

灰色の髪の男はすっと息を吐いた。

「内緒だ」

「わかった。待ってるよ」

道化はいって、人さし指を立て、歩きだした。

森の道は、道化が歩いてきた道と、もう一本、別の方角から、灰色の髪の男の家にまでのびていた。海は男の家の向こうで、道化は国道の方から歩いてきたのだ。男が示した道は、森のより奥へと通じている。

道化は、ウォッシュアンドドライの安物のスーツに、小さなアタッシェケースをかかえていた。足もとは、普通の革靴だが、森の道は、それで不便を感じるほど悪くはない。よく踏み固められ、ぬかるみもなかった。懐中電灯すら必要ない。月齢十五をわずかに過ぎた月が、空には大きくかかっていた。

車を国道の外れに止め、森の中の道を歩きだしてすぐに、道化は小型の懐中電灯をアタッシェケースにしまいこんでいた。

沼までの行程は五分足らずで、ほとんど起伏のない、まっすぐな道だった。

月の光を受けて、銀色に輝く沼が前方に見えてきたとき、道化は歩く速度を落とした。

沼の大きさは五十メートル四方くらいで、奥の方は岸べまで樹木がはりだしている。手前はなだらかな傾斜地になっていて、木の数も、まばらだ。そのほとりに立つ、ひときわ大きな木の下に、粗末な木製のベンチがあった。

沼の表面の半分は、濃い水草におおわれ、そこからは虫の音に混じって、蛙《かえる》の太い鳴き声が聞こえていた。水面はまるで、濃密な水アメのように、さざ波ひとつなかった。

ベンチの少し手前まで来て、道化は立ち止まった。あたりを見回す。

ベンチは、森の中の道を抜け、傾斜地にさしかかるその中腹におかれていた。足もとは低い下生えがおおっている。ベンチのすぐ横の、ひとかかえもある木は、濃く葉を茂らせ、暗がりを作っていた。

道化はその暗がりには入らず、今来た森の方にひき返した。森の道が沼のある傾斜地につきあたる、少し手前の地点まで戻った。

そこは森の中で、道とベンチの両方が見える場所だった。

道化はアタッシェケースを横倒しになった朽ち木の上におき、蓋《ふた》を開いた。

アタッシェケースには、懐中電灯の他に小型のテープレコーダや拳銃が入っていた。テープレコーダのマイクは、アタッシェケースの把手《とって》の端に組みこまれている。道化は拳銃をとりだすと、銃口に消音器をねじこんだ。消音器の長さは、その小型のオートマチックと同じくらいあり、銃声を著しく小さくする働きを持っていた。結果、バランスも威力も落ちるが、使うときは、五メートルと離れていない相手を撃つのだから、それで充分といえた。

消音器をつけた拳銃を、道化はズボンのウエストにはさみこんだ。

銃は、あくまでも用心のためだった。あの男の記憶が戻っていれば、必要はない筈なのだ。完璧に記憶が戻っているなら、本社から来た人間に危害を加えるような真似をする筈はない。

中途半端が、いちばん厄介《やっかい》だった。

道化は、朽ち木の陰で、じっと待っていた。煙草は、今は吸うわけにはいかない。

やがて、落ち葉を踏みしめる、かすかな足音が聞こえた。

道化は、ほかの場所にも注意を配りながら、足音のした方角をじっと見すえた。

灰色の髪の男が、森の道の切れ目に姿を現わした。手には無造作に、六本入りの缶ビールのパックをさげている。

男は、ベンチが見えるあたりまで来ると、立ち止まった。ゆっくりと、さほど熱心ではない様子であたりを見渡した。

道化の隠れた朽ち木の方角を見たが、視線は止まらなかった。

男は首をもとに戻すと、一瞬、途方に暮れたように動かずにいた。が、やがて、ベンチの方に歩きだした。

男はベンチに腰をおろした。ベンチが男の重みを受け、ぎしっと鳴った。つづいて缶ビールの栓を開く音が小さく響いた。

道化は上着の前を閉じると、静かに森の中から出ていった。

男は首を傾《かたむ》けて、ビールを喉に流しこんでいた。一度缶を口から離し、大きなげっぷをした。ふた口めにとりかかろうとして、背後に立った道化に気づいた。

「なんだ。行っちまったのかと思ってた」

無表情に道化を見つめ、いった。道化は肩をすくめた。

「道に迷ったのさ」

「そうかい」

男は信じたようすもなく頷くと、缶ビールを一本、道化にさしだした。

「飲むか」

「ありがたくいただこう」

道化は左手でそれを受けとった。だが栓を開こうとはしなかった。

「今頃、本社の人が何の用だ」

男は缶に残っていたビールをひと息に流しこんで、訊ねた。

「あんたの記憶が戻ってるかどうかを知りたくてね」

新たなビールを手にした男の動きが止まった。

道化はゆっくりと体の位置を変えた。男の手がすぐには届かぬ場所に立った。右手は遊ばせたままだ。

「……いや。どうしてそんなことを考えたんだ？」

「隣り町の事件だよ」

道化はたんたんといった。男の目がのろのろと、道化の体を這《は》いのぼり、顔で止まった。

「――俺がやったというのか」

「ちがうか」

男はすぐには答えなかった。やがて訊ねた。

「どうして、俺がやったと思うんだ」

「あんたの記憶が戻っていれば、わかる筈だよ」

男は無表情に道化を見つめた。

「わからない。何も憶えてないんだ」

道化は無言で男の顔を見つめた。

「あの晩のことは何もわからない。俺がいってるのは、八年前までのこととは別の意味だ」

「八年前までの記憶は戻ってないのか」

「戻ってない。名前も、俺があんたのいる会社で何をやってたのかも、まるで思いだせない」

「三日前のことと同じように？」

「ちがう、ちがうよ。三日前、俺は夕食が終わると、ここでこんな風にビールを飲んだ。いつもそうなんだ。三日前は、飲んでるうちに、もっと強い酒が飲みたくなった。だから、車で国道沿いのバーにまででかけた。だいぶ飲んだみたいだ。途中から覚えてない。気がつくと、自分のベッドで寝てた。女房の話じゃ、朝がた帰ってきたそうだ」

「酔っぱらっていたのか」

「ぐでんぐでんだったそうだ」

「隣り町へは行ったのか」

「わからない。行ったかもしれないが、覚えてない」

道化は歯の間から静かに息を吐いた。それから初めて、男から目を離した。

「今までにあったのか、そういうことは」

沼の表面を見つめ、いった。

「一、二度」

「それだけか?!」

道化の声が鋭くなった。

「わかったよ。月に一回くらいだ。この……一年くらい」

道化は小さく頷いた。

「俺は……前も酒を飲んだのか」

男が道化を見た。

「どうだい？　八年前も、俺は酒を飲んだのか?!」

道化は答えなかった。無言で沼に目を向けていた。

「教えてくれよ！」

「飲まなかった。八年前までは、あんたは一滴も酒を飲まなかった」

道化は男に向き直り、静かな口調でいった。男の顔に、おびえに似た表情が浮かんだ。

「あんたは……俺を、知ってたのか？」

「いや。会ったことはない」

道化は首を振った。

「どうして、俺を知ってる奴が会いに来ない？　本社の人が俺に会いに来るのは、五年ぶりだぜ。あのときも別の人だった。どうして、俺を知ってる人間が会いに来ないんだ?!」

男はいらだったようにいった。

「皆、忙しいのさ」

「嘘だ。会いに来られないのさ。皆、俺をこわがってるんだ」

「そうじゃない――」

「じゃなきゃ、俺を嫌ってるんだ。あんたは俺を人殺しだと思ってる。つまりそうなんだろ、俺は人殺しだったんだろ！」

道化はじっと動かなかった。

「答えてくれよ」

「――そうだ。あんたは、人殺しだった」

男の顔に絶望が浮かんだ。ビールをおき、両手で顔をおおった。

「どうして、警察につかまらなかったんだ……」

「法律では処罰できない人殺しをしていたからだ」

「軍隊か。それとも死刑執行人だったのか」

「そのふたつをあわせたような存在だった。あんたはとても優秀だった。だが、事故があって、それまでの記憶を失ってしまったんだ」

　道化はおだやかにいった。

「――どんな事故があったんだ」

「聞かされていなかったのか？」

「いないよ。俺はずっと病院にいた。それまでのことを何ひとつ覚えていなかった。医者がいっぱい来て、色んなことを訊かれた。何ひとつ答えられなかった。そしたら、ある日、自由だっていわれたんだ。この町が俺の故郷だと教えられた。だが、誰も俺のことを知らなかった。俺は働いて、この町で女房をもらい、今の家を買った」

「本社からの援助もあった筈だ」

「あったさ。金をくれた。あの家を買うのに半分くらい使った。残りは、まだとってある……」

「――あのとき、あんたが会った医者の中に、昔のあんたを知っている人がたくさんいた。だがあんたはそれとわからなかった。皆、医者だと思いこんだ。本物の医者は、いつあんたの記憶が戻るかわからない、といった。あるいはこのままずっと戻らないかもしれない、とね」

　男は呻《うめ》き声をあげた。

「何があったんだ、俺に……」

「撃たれたのさ、頭を」

「誰に？」

「あんたをつけ狙っていた男だ」

「そいつは？」

「死んだ」

男は顔をあげた。道化を見た。

「俺が……殺したのか……」

道化は無言で頷いた。

SCENE5

——組織犯罪とはかかわっていません。過激派？　この町にはそんな人間はいませんわ。ただの、本当にただの情報提供者です。これまでに、逮捕者を出すような重大情報を提供したことは、一度もありません

担当連絡員は混乱し、ショックを受けていた。最大の理由は、自分の経歴にこれで傷がつくのではないかと考えたからだった。本部からやってきた調査員に、幾度も、自分には手落

ちはなかったと強調した。

――ええ、基地はありますが、スパイ活動の疑いはありません。基地の防諜責任者も、それは認めています
連絡員の夢は、ファクトリー始まって以来の、女性支局長に就任することだった。が、「秘書」の死がそれを打ち砕いた。

――確かに、男性関係は複雑でした。しかし、殺されるほどとは……

調査員は、「秘書」の銀行口座をチェックさせた。その結果、「叔母」以外にも、「秘書」に給料とは異なる定期収入をもたらしていた存在があったことが明らかになった。

本部の調査員は、通販会社を隠れみのに使う組織について、わずかだが予備知識をもっていた。

報告が本部に送られ、上司である担当官がそれを吟味した。そして、犯行に使われた凶器が、八年前のある事件と共通していることに気づいた。担当官は、調査員に、その町で待機するよう命じると、飛行機にとび乗った。

事件は担当官の命令でファクトリー扱いとなり、捜査にあたっていた地元の保安官事務所から、召しあげられる形になった。

保安官事務所の若い職員は、その頭ごなしのやり口に不満を洩らしたが、代表者である当の保安官はほっとしていた。

事件そのものに手がかりがないわりに、かかわっている人間が、地元の名士ばかりだったからだ。

担当官を空港に迎えた調査員は緊張していた。自分の報告が本部に届いてから、状況が一変したのだ。

事件のすべてがファクトリー扱いになり、事件に関する資料はすべて、保安官事務所からひきあげねばならなかった。

すべて担当官が出した命令だった。

担当官は、本部では「白熊」という仇名《あだな》で呼ばれていた。大柄で毛深く、しかも五十を過ぎた今、頭髪を含めた全身の毛がまっ白だったからだ。

白熊は、若い調査員の案内で、ただちにファクトリーの支局に向かった。支局に到着し、会議室に入ると、支局員すらよせつけずに、ふたりきりでの打ち合わせに入った。

まず調査員が、支局員と協力して収集した現地の情報を報告した。そして、現時点では容疑者として考えられる人物は、「秘書」と関係のあった、市長、あるいは水道局長、海軍少佐のいずれかではないか、と意見を述べた。

「その三名に関するファイルはあるかね」

白熊は、調査員の報告を無言のうちに聞き終えると、鋭くいった。調査員は、支局が作ったファイル――履歴、読書傾向、思想から、性的嗜好《しこう》にまでわたっている――をさし出した。

白熊はそれを受けとると、手早くページをくった。白熊の注意が、三人の八年以上前の経歴に向けられていることに、調査員は気づいた。

やがて白熊は、ファイルを会議室のテーブルにほうりだした。

「ちがう。この三人ではない」

調査員は無言で次の言葉を待った。

白熊はスーツの懐から葉巻きをとりだした。念入りに裂けめがないかをチェックし、端を噛みとると、火をつけた。

「通販会社に関しては、君の報告の通りだった。隠れみのとして、連中がよく使う手口だし、事実その名の会社は存在している。もちろん、調査は拒否してきたが……」

「ではやはり、コーポレーションが――」

調査員はいいかけた。白熊は片手をあげて、その言葉を封じた。

「明らかに、『秘書』に接近したのは、うちよりコーポレーションの方が早い。『秘書』は、いわばふたつの雇い主をもっていたわけだ」

「コーポレーションは、それを知っていたとお考えですか？」

白熊は首を振った。

「知らなかったろう。仮りに知ったとしても、そのことで『秘書』の口を塞《ふさ》ごうとは考えない筈だ」

「よほど重大情報を手に入れていたとしたらどうです？」

白熊は苦笑いをした。笑うと、丈夫そうな白い歯がむきだしになり、ますます熊に似た雰囲気になる。

「君がコーポレーションの幹部だとして、重大情報を手に入れた人物を、いきなり殺そうなどと考えるかね？　もしそれが極秘にしなければならない種類のものなら、まず保護することを考えるだろう」

「どこかよその町に連れていき、外部との連絡手段をすべて断つ？」

白熊は頷いた。

「そうしておいて初めて、口を塞ぐことをじっくり考える筈だ」

「すると、『秘書』が重大情報を手に入れていたとしても、コーポレーションはまだ知らないと――」

「今はもう、知っているかもしれないが、彼女が殺された時点では知らなかった筈だ」

調査員は、首をかしげた。

「……わかりません、おっしゃっていることが、私にはよく」

白熊は葉巻きの煙を吐きだすと、目を細め頷いた。

「『秘書』が口を塞がれねばならないほどの重大情報を、果して手に入れていたかどうかは、私にもわからない。ただ、この件にはコーポレーションが関わっている。もっといえば、コーポレーションのある人物が、だ」

「どうしてそれがおわかりになるのです？」

白熊は、持参したアタッシェケースを開いた。部外秘のマークのついたファイルを取りだした。本来、外部持ちだし厳禁の筈なのだが、白熊にはそうした規則にはまるで無頓着なところがあるのを、調査員は知っていた。

たとえば、今吸っている葉巻きがそうだ。

ファクトリーの本部は、喫煙所をのぞけば全館禁煙なのだが、白熊は平気で、自分のデスクで吸っている。抗議や注意があっても、決してやめようとしない。

調査員は受けとったファイルを開いた。

そこにあったのは、「ハンガー」と呼ばれる男のファイルだった。

生年月日不詳、経歴も不明。職業暗殺者として報酬を得ていた。主たる契約主はコーポレーション。八年前、ファクトリーの調査員が、常習殺人者としてマーク。監視をしている中、調査員を敵対人物と誤認して格闘になった。調査員は死亡、「ハンガー」も頭部に調査員の放った銃弾を受け、病院に収容された。が、数日のうちにコーポレーションが強権を発動して、「ハンガー」の身柄を別に移した。その後、ファクトリーの執拗な追及を受け、コーポレーションは「ハンガー」が死亡したと発表した。医師の死亡診断書もファイルに入っていた。

調査員は顔をあげた。白熊は厳しい顔をして、葉巻きを嚙みしめていた。殺された調査員の姓は、白熊と同じだった。

「俺の弟だ」

白熊は短くいった。

ファイルには、望遠レンズで写したと思われる、粒子のあらいモノクロ写真がはさまっていた。

うつむき気味で街を歩いている、陰気な顔つきをした男だ。

「奴《やつ》が『ハンガー』と呼ばれていたのには、わけがあった。殺しに、ドレスハンガーを使ったからだ」

「ドレスハンガー？」

「どこの家にも、洗濯屋がよこす針金でできたハンガーがあるだろう。奴はそいつで獲物の首を絞めた。使ったあと、元の形に戻して洋服ケースにでもかけておけば、すぐには凶器とはわからん。持ち運んでも怪しまれることはない。車のトランクに一本や二本入っていたところでな」

調査員は頷いた。

「秘書」を殺したのは、安物のドレスハンガーだった。保安官が見つけたとき、それは絹のロープをベッドのヘッドボードに吊るしていた。ハンガーには、折り曲げられた跡がわずかに残っていた。

「しかし、どうして八年間もおとなしくしていたんでしょう」

調査員はいった。

「さあな。別の手を使っていたのかもしれん。もっと単純に、銃やナイフで獲物を料理していたのが、ふと魔がさして、昔の手でやってみたくなったのかもな」

「この町に来て？」

「それが問題だ」

白熊は嚙みしめていた葉巻きを抜いた。

「この町は、よそ者が来て殺しをするには小さすぎる。もし、コーポレーションが『秘書』の口を塞ごうと考えたなら、もう少しましな手を使うだろう」

「では――」

「俺の考えでは、この犯人が『ハンガー』だとしても、コーポレーションの命令ではないな」

「でもコーポレーションがかかわっていると……」

「今ではかかわっているさ。情報提供者が殺されたのだ、ほっておくわけはない。ただ、コーポレーションが今でもあのままの状態の『ハンガー』を使っているとは考えにくい。奴は、一度アシがついた人間だからな」

「すると『ハンガー』はフリーランスになっているとお考えなのですね」

「ともいえるし、足を洗っていたのかもしれん。ただコーポレーションが、自分のところのきたない仕事をやらせていた男を、簡単に手放すとは思えんがな」

「普通なら、口を塞ぎますね」

白熊は頷いた。

「生きていれば、生きていること自体が驚きなのだ。しかもまだ殺しをやっている。俺は奴を捕まえる。見つければ容赦しない」

「弟さんを殺した人物だと立証するには、手間がかかりますよ。名前も、顔も変えているかもしれない。なにせ、一度死んだ人間です」

「かまわんさ」

白熊は静かにいった。

「立証が不可能なら、俺がこの手で殺してやる……」

SCENE6

「飲むんだ」

道化がいった。

テレビと使い古されたテーブルセットのある応接間には、ビールとウイスキーの壜が並んでいた。

「飲みたくない」

「飲むんだ。あんたの話が本当かどうかを、俺は本社に報告しなけりゃならん」

灰色の髪の男は悲しげに首を振った。

「ここじゃなきゃ駄目なのか。外のバーだっていいだろう」

「そしてもし、あんたがぐでんぐでんになって誰かの首を絞めはじめたら、おとなしく保安官が来るのを待つのか」

道化は冷ややかにいった。

「あんたのあの晩の行動について調べてみた。確かに、あの晩、国道沿いのバーに行っている。店に現われたときには、すでにかなり酔っていたそうだ。だが、足もとはしっかりしていた。知りあいに挨拶しながらカウンターにすわり、ウイスキーを頼んだ。ストレートだ。何杯飲んだと思う？」

「わからん。誰がそんなことを覚えていたんだ」

「金髪のウェイトレスさ。あんたはストレートのウイスキーを、ダブルで五杯飲んでいる。それから店を出ていった」

「そのあとは？」

「誰も見ていない」

灰色の髪の男は目を閉じた。

「あんたが帰ってきたのは、四時頃だったよ。ドアを開けたとたん、家じゅうに酒が匂ったから、すぐにわかった……」

無言でふたりのやりとりを見ていた、灰色の髪の男の妻がいった。男に比べてもひけをとらない長身で、やはり暗い顔つきをしている女だった。

道化は、男の昔の同僚だと、自己紹介していた。男は記憶を失ったことを含め、過去は一切、妻に話していない、と道化に告げていた。

――だったら、明日、私を奥さんに紹介しろ。昔の同僚が訪ねてきた、となーー

――それはかまわない。女房とは、この町に来て半年めに知りあったんだ

――奥さんは何をしていたんだ

――何も

――何も、とは？

――女房も、ほかの町から流れついたばかりだった。昔のことはあんまり話さない。だから互いに都合がよかった

――なるほど。じゃあ奥さんだけが頼りだな

——どういう意味だ？
——この八年間、誰よりもあんたをよく知ってるのは奥さんだ。あんたが三日前の晩、どうなったかを知るには、どうしても奥さんの協力がいる
——俺が人殺しだと話せというのか
——三日前のことだけを話せばいい。殺人があった晩に記憶を失っていれば、誰だって気分のいいものじゃない。私を紹介して、悩みを相談したといえばいいんだ
——わかった、やってみる
道化は腕組みして、ウイスキーのグラスを空《あ》ける男を見つめていた。
向かいあっている二人から少しはなれた場所で、男の妻が腰かけている。不安と疑いのいりまじった表情で夫を見つめていた。
「もし、この人が人殺しだったら、あたしはどうすればいいんです？」
「あなた次第です」
道化は女の方をふり返らずにいった。
「万一、このことが警察にわかっても、御主人が法律で罰せられる可能性は少ない。なにせ泥酔状態での犯行ですからね。御主人は病院に入れられ、治療を受けることになるでしょう」
「俺はやってないよ」

男が悲痛な声でいった。

「そう、やっていないかもしれない。だとすれば問題ない」

「酔わせて確かめるんですか？」

妻が訊ねた。

「そうです。酔ったとき、普段の御主人にはない、もうひとつの人格が表われるかもしれません」

「あんたは……」

男はつぶやいた。

道化は頷いた。

男の記憶が戻っていないとしても、酔ったときは別かもしれない。酔ったときだけ、「ハンガー」に戻っていたとしたら。

充分に考えられることだった。

だがその場合、道化はどうするべきかが、問題だった。

今回の旅は、「ハンガー」に記憶が戻っているかどうかを確かめるためだった。八年前、コーポレーションが「ハンガー」が死亡したと発表したのは、ファクトリーの追及をかわすためだった。

その後、「ハンガー」が記憶喪失に陥《おちい》っていることが判明したとき、コーポレーションは困惑した。

使いものになるならば、別の名と顔を与え、再び現場に戻したかもしれない。記憶がそのままで、現場に戻るつもりがないなら、その存在はコーポレーションにとって、あまりに危険だった。

だが記憶がないのだ。コーポレーションの裏方として、数々のきたない工作をおこなってきた記憶がないのだ。

記憶喪失が演技でないことは、治療にあたった一流の医師が断言していた。

そこでコーポレーションは、最も単純な方法をとった。

ほうりだしたのだ。

それが、この灰色の髪をした男だった。

情報提供者が「ハンガー」の手口によって殺されたとわかったとき、コーポレーションはすぐに道化をさし向けることを決定した。

「ハンガー」が復活したなら、対処しなければならない。

対処の方法はふたとおりだった。

再び現場に復帰させるか、口を封じるかだ。

どうするか。

道化は、新たなウイスキーのグラスを男の前に押しやった。

「も、もう、飲めねえ……」

男がつぶやいた。呂律《ろれつ》が怪しくなっていた。

道化は並んだグラスの数を見た。大きさ、形こそちがえ、九つのグラスが居間のテーブルにはのっていた。その横には、六本のビールの空き缶が並んでいる。

事件の晩を越える量の酒が、男の胃にはおさまっていた。

道化はこの一時間、ほとんど口をきいていなかった。男が飲むのを黙って見つめていた。

真夜中近くになっていた。男の妻は、胸の前で腕を組み、居眠りを始めている。

男は顎をひき、目を細めた。向かいにすわり、身じろぎもしない道化を見た。

「な、何とかいえよ」

「気分はどうだ」

「気分？　最高だ。少し頭がフラつくけどな」

「外に行きたいか」

「行きたいね」

「行って何をしたい？」

「さあな。誰かの首を絞めることかな……。冗談だよ」

「自分の名前をいえるか」

「いえるとも」

男は、この町での自分の名を口にした。

「ほかの名はどうだ」

「ほかの名？」

「別の名だ」

「どんな名だよ」

「思いだせないか」

「思いだせないね」

道化は、男に八年前の名などは一切、教えていなかった。「ハンガー」という仇名《あだな》もだ。男の口から、それらの名が出れば、記憶をとり戻しているという証拠になるからだ。

しらふの状態での男は、自分の本当の名が何というか、しつこく道化に訊いていた。

「何かわかりそうか」

男は皮肉げな笑みを浮かべ、道化を見た。

「これだけ俺を酔わせて、何かわかりそうかって訊いているんだよ」

「まだだ」

道化は渋い表情で首を振った。

「あんた、精神分析医か」

「ちがう。だが精神分析医なら、もっとましな手を思いついたろうな」

道化はため息をついてみせた。

「だろうさ。奴らは催眠術をかけるんだぜ」

「どうして知ってる？」

道化の目が鋭くなった。八年前、「ハンガー」の記憶喪失が本物であるかどうかを確かめるため、コーポレーションの医師たちは、催眠術を使った。

「え？」

「どうして催眠術を使うと知ってる？」

「……どうしてかな」

男は考えこんだ。遠くを見る目になる。

道化はゆっくりと息を吸いこんだ。

「そうだ！　この間、テレビで見た映画だ。自分を狼男《おおかみおとこ》だと思いこんでる阿呆《あほう》がいて、そいつをしらべるために、精神分析医が催眠術をかけるんだ」

道化は息を吐きだした。同じ映画を彼も見たことがあった。

「あんたの記憶が戻ったら、本社は喜ぶぞ」

「そうかい。こわがるんじゃねえか」

「そんなことはない。あんたはとても優秀だった。だからこそ、今でも忘れてないんだ」

それは事実だった。

「俺だって、思いだしたいね」

男は唇《くちびる》をゆがめた。

道化はネクタイをゆるめた。次の段階に入るべきときが来ていた。

「ここは暑いな」

「そうかい。俺にはそうは思えねえが……」

「上着を脱いでいいかな」

「どうぞ、好きにしてくれ」

「旅先で、これ一着しかない。皺《しわ》にしたくないんだ」

「じゃあ、何か、かけるものを捜してやろう——。寝室にあるだろう」

男はフラつく足を踏みしめて立ちあがった。

「すまないな」

寝室に通じるドアに手をかけた男に、道化はいった。ドアを開け放ったまま男が寝室に入ると、道化はそっと立ちあがった。

ドアの陰から、寝室をうかがう。

男はクローゼットの前に立ち、扉を開けようとしていた。

SCENE7

「これが、八年間のあいだにこの町に引っ越してきた人間のリストです。たいして多くはありません」

調査員がテーブルにおいたリストを白熊はとりあげた。じっくりと目を通す。

「ちがう。この中にはいない」

リストをほうりだして、白熊はいった。

「コーポレーションの動きはどうです？」

「奴らが何を考えているかなんて、わかるわけがない。本部を通しての問いあわせにも、けんもホロロさ。『秘書』なんて女は知らんとよ」

「やっぱり」

調査員は息を吐いて、ベッドに腰をおろした。

そこは、二人が泊まっているモーテルの一室だった。

「『ハンガー』がもし犯人だとすると、どうして『秘書』を殺したんでしょうね」

調査員は天井を見あげ、白熊に訊ねた。彼は、この上司の思いこみの激しさに不安を感じ始めていた。犯人が「ハンガー」とは限らないのだ。ただの色ぼけした中年男かもしれない。

「そいつは俺も考えてみた。『ハンガー』が、この町かこの町の近くに住みついているとすれば、当然、昔の正体を隠していた筈だ。足を洗っていたと考える方が妥当だろうな」

「コーポレーションが、すんなり手放したと？」

「コーポレーションの目をうまく逃れていたのかもしれん。コーポレーションにすら、死んだと思わせて」

「まさか」

白熊は冷蔵庫からだしたビールを手に頷いた。

「そいつは確かに難しいことだ。だがはっきりといえるのは、『ハンガー』は、この町か、この町の近くにいるということだ。そして八年間、なりをひそめていた」

「それが『秘書』に正体を気づかれ、殺した？」

「それが一番自然な動機だ。奴がもし正体を隠していたとすれば、コーポレーションに対しても、だろうからな」

「堂々めぐりですよ。そうなるためには、奴はコーポレーションから抜けなけりゃならない。八年前に、半死半生の奴にそんなことができたでしょうかね」

「足を洗わざるをえなくなっていたとしたらどうだ？」

白熊の目が不意に輝いた。

「奴は死んでもおかしくないほどの大怪我をした。それは確かだ。それで足を洗わざるをえなくなったとしたら?」

「コーポレーションが消すでしょう」

「それができないような切り札を奴が抱えていたとしたらどうだ。自分のやった仕事についての克明なメモとか」

調査員は顔をしかめた。

「それこそ自分の首を絞めるようなものです。そんなものを持ってることがわかれば、コーポレーションはすぐに処分にかかるでしょうし、警察や我々に対してだって危い」

「保険代わりに、弁護士に預けていたらどうだ。自分に万一のことがあれば公開するといって」

調査員は考えた。たかが殺し屋ふぜいにそんな度胸があったとは考えにくかった。相手は大組織なのだ。

それを読みとったように白熊がいった。

「奴は所詮、一匹狼だ。コーポレーションが恩給をつけて解放してくれるとは思っていなかった筈だ。とすれば、どこかに逃げ道を用意しておいたにちがいない」

「――『秘書』はどうして、奴の正体に気づいたのでしょう」

「偶然だろうな。仕事上の手続きかなにかで妙なところに目が止まったとか」

「コーポレーションに報告したでしょうか」

「していたら、今頃、この町はコーポレーションの人間で溢《あふ》れている」

「この町でなければ……」

調査員は低い声でいった。

「隣り町に溢れているかもしれませんよ」

白熊は頷いた。

「そうだな。明日は近隣の町をひとつずつ洗ってみよう」

「長くなりそうだな」

調査官はつぶやいた。

「そんなことはないさ」

いって白熊は目を閉じた。

「三日もあれば、片がつくだろう」

「なぜです？」

白熊は目を開き、若い部下を見やった。口もとには、どこか楽しげな笑みがあった。

「俺たちが見つけださなくても、コーポレーションが見つけだす。そして俺たちは、死体を見つける、というわけだ……」

SCENE 8

回線がつながると、道化は周波数変換装置のスイッチを入れた。盗聴されても、内容をわからなくするためだ。

相手側の装置が、道化の装置が送りだした信号を聞きとるまで、わずかに時間がかかった。鉄道で七時間かかる距離を信号音が往復し、装置は互いを認めあった。人間の言葉を、自分たちにだけわかる信号に作りかえ、やりとりを開始する。

「接触しました」

道化はいった。

「復帰できそうか、彼は？」

相手が訊ねた。

「難しい状況です。私にも判断がつきません」

「記憶喪失のままだというのか」

「とはいえないような気がします。酔った一時期だけ、八年前に戻っている可能性があります」

「それは厄介だな。試してみたのか」

「はい。酔わせて、いろいろ話をしてみました。私が試したときは、『ハンガー』には戻りませんでした。奴に、使い慣れたものを持たせてもみましたが……」

「駄目か」

「記憶が戻っている兆候はありませんでした。だからといって、完璧に忘れたままだとはどうしても思えないのです。私がこの町に来る以前の奴の行動を知る必要があります」

相手は沈黙した。

「『掃除人《クリーナー》』との接触を許可して下さい」

「『掃除人』の機密レベルは、『ハンガー』より高い。許可するには、会議を開かねばならない」

道化が、今回の任務を命じられた時点で、二人の〝引退〟した人物がこの町にいることを知らされた。

ひとりは「ハンガー」で、ひとりが「掃除人」だった。「掃除人」は、「ハンガー」とちがい、本社に対する、正統な協力者だった。生命の危険をおかして、重大な情報を国外からもたらし、その結果、身分と名前を捨てざるをえなくなったのだ。コーポレーションは、その身柄を、一生保護する義務があった。別の国の裏切り者なのだ。

「『掃除人』は『ハンガー』のことを知っているのでしょうか」

「今は答えられない」

「もし知っているとすれば、この何年かにおける、奴の変化に気づいている可能性があります」

「――わかった。明日、緊急会議を召集し、『掃除人』との接触許可がだせるか検討し、その上で、本人に確かめてみよう」

「お願いします」

回線は切れた。

道化は、モーテルの電話機から、周波数変換装置をとり外した。

男が針金でできたドレスハンガーをさしだす姿を、これまで幾度もしたように思い返してみた。

――ほらよ
赤らんだ顔、酔ってだらしなくなった口もとに浮かんでいた笑み。皮肉がこもっていたような気がする。

だが、どんな?

お前の考えなどお見通しだ、というのか。

それとも精神分析医の真似ごとをする、愚かな勤め人に対しての侮辱《ぶじょく》か。

道化は決めあぐねていた。

奴の記憶が戻っていると判断するなら、これまでの行動はすべて、本社をあざむくための欺瞞《ぎまん》だ。弁解の余地はない。

道化は、男を処分して、次の列車に乗る。

が、もし、男がいうように、まったくの無実だとしたら？　犯人が別にいるとすればどうなるだろう。

道化は、ふとおそろしい可能性につきあたった。

「ハンガー」のやり口を知り、真似できる人間がいるとすれば、「掃除人」しかいない。

「掃除人」に接触許可を求めるということは、それを「掃除人」本人に確かめる行為だった。

そして、「掃除人」が道化の願いを知れば、当然、道化の疑いを見抜くだろう。

「掃除人」は、自分と道化のどちらが、コーポレーションにとって重要な存在かを迫るかもしれない。

その結果、道化は、弾きとばされる。

コーポレーションにとり、「掃除人」は、「ハンガー」と道化を足した存在よりも重要かもしれないからだ。

もし、「掃除人」が自分の価値に、そこまで自信がなかったら、どうなるだろうか。

狙われるのは道化だ。

「掃除人」は、復活「ハンガー」の次の犠牲者として、道化を狙うにちがいなかった。

SCENE9

今度の調査には、支局の手を借りなければならなかった。市制をしくその町には、隣接して、四つの地区がある。形の上では、それぞれ独立しているが、自治体としての機能は、ほとんど、中心に位置する町に集中していた。それでも、調査は広範囲に及び、調査員と白熊の二人きりでは、膨大な時間を要することになりそうだったからだ。

二人のもとには、四つの地区に、この八年間に移り住んだ男性のリストが届けられ、白熊がそれをふるいにかけていった。

結果、四人の男たちが残った。

四人とも、この八年の間に、家族を持たずやって来て、住みついた者たちだった。そして、ファクトリーの、多くはない「ハンガー」に関する身体的特徴の資料と、合致する部分を備えていた。

四人のうち、二人は今は家族もちで、残る二人はいまだ独身だった。

四人のリストはただちにファクトリーの本部に送られた。巨大なコンピュータがそれを洗いにかけ、たちまちのうちに独身のひとりが、十年前の銀行強盗未遂事件の犯人であることを割りだした。

「これは、こっちの事件が解決したあと、保安官事務所へのおきみやげにしよう」

白熊は、本部から返送されてきたデータを見ていった。

残る三人には、該当する記録は何もなかった。軍隊歴、逮捕歴、ともにナシ。

調査員は、他の犯罪者には目もくれようとしない白熊の執念に舌をまいた。本部にその男をさしだせば、確実に点数はあがる。自分なら、絶対にそうするだろう。

白熊は「ハンガー」にしか興味を抱いていないように見える。

「三人に監視をつけますか？」

「そいつは賢くない。もしコーポレーションの連中が接触していれば、すぐに気づかれる。連中は、『ハンガー』をよそに移すか、消すことを考えるだろう」

「ではどうします？」

白熊は腕を組んだ。

調査員はいった。

「もし、このうちの誰かが『ハンガー』だとして、『秘書』はどうやって、正体を知ったんでしょうね」

三人の職業はそれぞれ、ばらばらだった。

基地で雑役夫をつとめる者。運送会社の運転手。そして食料雑貨品店の主人。

「コーポレーションが『秘書』に調査を命じたとは考えられませんか？」

「考えられんな」

白熊はあっさりといった。「『秘書』はそんな仕事には素人だ。どこから手をつけていいかもわからんだろうし、危険すぎる」

「じゃあ、『ハンガー』はどうして『秘書』に気づいたんですか?」

調査員はくいさがった。白熊は腕組みをとき、部下を見つめた。

「気づかなかったかもしれん」

「まさか。じゃあ偶然、コーポレーションのパートタイマーを殺したというんですか」

白熊は息を吐いた。

「それがどうしてもつながらないのさ。『ハンガー』と『秘書』が、互いを知っていたとは思えん。もちろん、本当の正体、という意味でだ。二人を結びつけるには、もうひとり、第三の人物が必要なんだ」

「第三の人物……」

調査員は呻いた。それを見つけだすのは、至難の業《わざ》に思われた。

「そいつは何者です? コーポレーションの別の情報提供者ですか? それとももっと上のエージェント?」

白熊は答えなかった。

「そいつがそんなに大物なら、こんな田舎町に住んじゃいませんよ」

白熊は葉巻きをとりだした。三人のリストを見つめ、ゆっくりと葉巻きに火をつける。

調査員は爆発した。

「『秘書』も『ハンガー』も、共通の雇い主がいたんだ。時期はちがうが、同じところから金をもらっていた。互いに存在を知っていたって——」

調査員は口をつぐんだ。白熊が、ぎらぎらとした目を、不意に自分に向けたからだ。

「——それだ」

白熊がいった。

「何です？」

「金だ。銀行を洗うんだ。コーポレーションが隠れみのに使っている通販会社から金を受けとっている人間がほかにいなかったかどうかを洗うんだ」

調査員は目を瞠いた。

「『ハンガー』が金をもらっていたというんですか？」

「ちがう！　第三の人物だ。二人を結びつける第三の人物がいれば、コーポレーションの援助を受けていても不思議はないんだ！」

調査員は半信半疑だった。

だが、上司の命令には逆らえなかった。四つの地区と中心の町である市には、銀行は併せて三行しかない。すでに営業時間は終了していたが、係りの人間を動かすために、調査員は支局をとびだした。

そして、該当する人物が浮かびあがった。

SCENE10

電話が鳴ったとき、道化はシャワーを浴び終えたところだった。前の晩も、道化は灰色の髪の男の家で夜を過していた。モーテルに戻り、ベッドに横たわったのは昼過ぎだ。ブラインドの向こうには、新たな夜が訪れていた。当面の日程であった三日間が過ぎようとしている。

「もしもし」

濡《ぬ》れた裸のまま、道化は受話器をすくいあげた。

「もしもし、あ、あの人がおかしいんです」

切迫した女の声がいった。男の妻のものだった。

「どうしたんだ」

道化はベッドの端にそっと腰をおろしていった。

「あなたが帰ってからしばらくして、起きだしてきて、ずっと黙りこんでいたと思ったら、急に出ていったんです」

「どこに行ったんだ?!」

「沼のほとりでした。シャベルをふるって、穴を掘っては何かを埋めてるんです」

「何を埋めてるんだ……」

「あたしもそれが知りたくて、そっと近くへ寄って見たら、洋服を吊るすハンガーなんです。家中にあった洋服を吊るすハンガーを持っていって、それを穴に――。いったい、どうしちゃったんでしょう」

「今はどこに?」

「沼のそばにいます。ひょっとしたら自殺する気かもしれません。穴を埋めたあとは、ただぼうっとして……」

「今から行くから、待っているんだ。誰にも知らせちゃいけない」

道化はいって、急いで洋服を着た。銃を身につけると、車に乗りこむ。

記憶が戻ったのだ。今なら、話ができる。「ハンガー」を逃してはならない。

車を降りた道化は、懐中電灯を持ってこなかったことを悔やんだ。

初めて沼に行った晩とちがい、空には厚い雲がかかって、月をおおい隠している。

森の中は濃い闇が支配していた。

道化はライターで足もとを照らしながら進んだ。先に向こうに見つかる危険はあるが、森で道に迷うよりはましだった。

ようやく、森の切れ目に達し、ぼんやりと沼が見えてきて、道化はライターを消した。

すぐに近づく愚《ぐ》はさすがにおかさない。

闇に目を慣れさせるため、じっと動かなかった。じっとりと湿った空気が体にからみつくようだ。風もまるでない。

闇に目が慣れてくると、沼の方をすかし見た。

ベンチのある木陰は闇が濃くて、人がいるかどうかわからない。

蛙が水面でたてる音が大きく響く。

道化はゆっくりと前進を開始した。

ベンチの背中が見えてきた。そこに人の姿はない。

道化は森の中にも注意を配りながら、ベンチを回りこんだ。

沼の水面は波紋を消し、静かになっていた。木の陰にも人の隠れている気配はない。

あたりの空気に乱れがないと感じられるまで、道化はじっと動かずにいた。

男の姿はなかった。

だが、ベンチの横の地面に、そこだけ下生えがえぐりとられた場所があった。

道化は爪先でそこを軽く掘ってみた。むきだしの土は柔かく、簡単に凹みができる。

道化はかがみこんだ。

左手で地面を掘った。湿った土は水分を多量に含み、少し掘ると泥のように変わった。

固いものが指先に触れた。

火傷《やけど》をしたように道化は手をひっこめた。

そのとき、細くて硬い輪が道化の頭上からふってきた。

SCENE11

「家の中は誰もいません」

出てきた調査員がいった。

「あわてて出ていった様子も特に見あたりませんが」

白熊は、車のボンネットによりかかって葉巻きをくわえた。

「こんな夜中に、夫婦でどこに出かけたんだ。車にも乗らずに」

「明りはつけっぱなしです。ちょっとその辺にでも出たんじゃないですか」

調査員はいって、家の方を振り返った。とたんにぎくりとして、体をこわばらせた。

家の裏に面した森から、背の高い男がのっそりと現われたからだった。

白熊の目が瞠かれた。

男は灰色の髪に陰気な顔つきをしていた。はき古したジーンズと、色あせたデニムのシャツを着けている。

「何だい？　店は、今日はもうしまいなんだが……」

男は、うんざりしたような抑揚のない声でいった。

白熊は体を起こし、身分証をとりだして開いた。

それを見ても、男の表情は変わらなかった。

白熊はいった。

「奥さんにお会いしたいんだが……」

「女房に？　女房なら俺も捜してる。見つからないんだ」

男の唇に皮肉げな笑みが浮かんだ。

「君は、奥さんが半年に一度、あるところから金の振りこみを受けていたのを知っているかね？」

白熊はおだやかな口調でいった。

男はのろのろと首を振った。

「いいや。知らないね、そいつは大金なのかい？」

「以前の君にとっては、たいした金じゃなかろうが、今の君にとってはどうかな」

「いってることがわからないな」

白熊はにやっと笑ってみせた。そのとき、銃声が森の奥から聞こえた。

SCENE12

「罠《わな》じゃないかとは、思っていたんだ」

道化は咳きこみながらいった。目の前に、黒い上下を着けた人物がうずくまっていた。はりだした大木の枝の中に隠れ、道化を絞めるチャンスをうかがっていた、灰色の髪の男の妻だった。

男の妻は、右のわき腹にひろがる血の染みを、じっと見つめていた。

「消音器を、つけておかなかったのは、失敗だったよ……」

道化は右手に握った拳銃の狙いを外さずにつぶやいた。

「あたしを殺したら、あんたのキャリアは終わりだ……」

男の妻がしぼりだすようにいった。

「俺だって殺したくないさ。だが、殺されるのも御免だ」

男の妻は答えなかった。道化は手をあげて、首にまきついた針金のハンガーを抜きとった。

「なぜ『秘書』を殺したんだ、『掃除人』？」

「あいつが邪魔になったからよ」

「亭主がか？」

「そう。互いに『隠れみの《カバー》』には必要な存在だったけど、今はちがう。あたしは現役に復帰するの」

「本社がそれを求めたのか」

男の妻は苦しげに首を振った。大量の血を失い、白くなった顔は、前よりはっきりと闇に浮かんでいた。

「祖国よ。あたしは、もう一度、祖国に尽したいと思ったの」

「一度裏切った国じゃなかったのか」

男の妻は、ゆがんだ笑みを浮かべた。

「馬鹿ね。『ハンガー』が人殺しとしてつかまれば、コーポレーションはあたしをほっておけなくなる。あたしは現役に戻る。そして、もう一度、祖国の役に立てる……」

「裏切ったと見せかけていたのか……」

「この八年、一度もあんたたちは、あたしを見破れなかった」

道化は首を振った。男の妻の口が動かなくなった。道化はしばらく銃口を、彼女の額《ひたい》に擬していたが、その目が曇り始めたのを確認して銃をおろした。

大きく息を吐き、銃を腰に差した。

踵《きびす》を返そうとして、体を硬直させた。

森の切れ目のところに、うっそりと男が立ち、こちらを見つめていた。瞬《また》きもせず、道化を見ている。

「見たのか……」

道化はいった。男は答えなかった。

道化は唇をなめた。

「とにかく、『秘書』殺しはあんたじゃないことがはっきりした。俺は本社に――」

「手を貸してくれ」

男がいった。

「なに？」

「手を貸してくれ。こっちにも死体がある」

「なんだと――」

「ファクトリーの連中だ。女房の正体も俺の正体も疑っていた。やるしかなかった」

男は手にしたものを掲げてみせた。道化は絶句した。

針金のハンガーがその手にはあった。

「貴様、記憶が……」

「一年前から酒を飲み始めたといったろう」

「じゃあ一年前から戻っていたのか」

男は皮肉げな笑みを浮かべてみせた。

「今度の罠にも気づいていたんだな！」

「誰かが俺をハメようとしてるってことはな。だが、まさか女房だとは思わなかった」

道化は深々と息を吸いこんだ。右手が自然にあがった。

「おっと、へたな真似はよすんだ」

いつのまにか男の手に、ハンガーの代わりに拳銃があった。

「死体からいただいた代物だ。俺はあんたが気に入ってるから使いたくない」

道化は息を吐き、ゆっくりと腕をおろした。

「そう、それでいい。死体を沼にほうりこんで、田舎とおさらばしようぜ」

「どうするつもりだ」

「あんたから本社に連絡をしてもらう。こういやわかるだろう。死ぬより簡単さ」

「ハンガー」はにやりと笑った。

「カムバックだ」

12月のジョーカー

1

十二月最初の月曜は、ひどく乾いた風が吹いていた。昼頃から吹き始めた、その冷たい風は、夕方になり、夜に入っても止む気配はなく、むしろますます強まるように思えた。

こんな晩は、暗く静かな酒場で、のんびりと酔いにはまりこんでいくのがお似合いだ。ハシゴ酒もせず、じっくりと腰を落ちつけ、アルコールの血中濃度を高めていく。外の風が気にならないほど酔ったら、電光石火でアパートに帰り、ベッドにもぐりこもう。

私はそう決めて、アイリッシュウイスキーのストレートをちびちびとなめていた。

店は、飯倉片町《いいくらかたまち》から麻布台《あざぶだい》へと抜ける目抜き通りの裏側にある。表側に面したイタリア料理店と中はつながっているが、客の行き来はほとんどない。

表側の店は、洒落《しゃれ》た内装と、それに見あう流行の衣服をつけた客たちで、午前二時の閉店まで華やかさを失わない。高級車が並んだ目抜き通りからガラス扉ごしに中をのぞけば、品のいい小さなケーキにフォークをつきたてる有名人や大金持の小伜《こせがれ》どもが、香水のようにふりまく金の匂いをかぎとることができるだろう。連中は皆、自分を選ばれた人間だと思っている。

裏側にある洞穴《どうけつ》のようなバーは、逆にいつもひっそりとしている。店の人間も、バーテンダーがひとりいるきりだ。客も常連ばかりで、皆どこか変わっている。たいていは、人にいえない過去を持ち、現在も堂々とは看板をだせない商売で食っている。

たとえば、週に三日は顔をだすひとりの男がいる。服装はそれほどでもないのに、身につけている貴金属は異様に値のはるものばかりだ。この男の仕事は密輸の運び屋である。

武器と麻薬の類《たぐ》いには手を出さないが、それ以外のものなら、ほとんどすべて——美術品から動植物まで——を、請けおう。広範囲な知識と手段を持っていて、日本に限らず、どことどこの国の間であっても依頼に応じてみせる。貴金属は、密輸が発覚した場合、ホテルや住居に寄らず、いつでも高飛びする費用をまかなう、あるいは係官に賄賂《わいろ》として渡し、見逃しをとりはからってもらう、ためのものだ。通帳や小切手は、その場では何の意味も持たない。身につけた、ネックレス、ブレスレット、指輪、時計、カフス、タイピンなどをあわせれば、優に億の単位がつく金額の価値がある。全財産を、いつも身につけているわけだ。

麻薬と武器に手を出さないのは、そのどちらもが、発覚した国によっては死刑に処せられることがあるからだ。

　バーは、彼にとり連絡事務所である。年中無休で、午前四時まで開いており、客の素姓《すじょう》に気をとめない店は、そうはない。しかもバーテンダーは元ボクサーで口が固い。

　私も常連であるからには、まっとうな人間ではない。仕事はしごくまっとうだが、やり方が、いささかまっとうではない、という評判だ。そうした評判は、私にとってはむしろ必要なものだ。

　私には、ある仇名《あだな》がある。この店に現われ、その仇名を口にする者がいれば、それはバーの客ではなく、私の客ということになる。

　夜九時を少し回った頃だった。店の前に車が止まり、ドアを開閉する音が響いた。

　店の前で車を降りたった人物は、木でできたバーの扉を押し開いて中に入ってきた。店内の暗さと暖かさにとまどったように立ちすくむのを、私はカウンターの隅から、壁によりかかって見つめていた。

　新来の客は、体格のいい、男前の四十代後半の男で、ダークブルーのスリーピースを着《つ》けていた。厚みのある胸と肩幅、それに意志の強そうな顔つきが、女たちに喜ばれそうな印象をあたえる。

　惜しむらくは、頭頂部が少し禿《は》げ始めている点だ。本人もそれを苦にしているのか、周囲の毛でそれを懸命にカバーしているようなヘアスタイルをとっている。

ともあれ、男の服装の趣味や、顔立ちからくる雰囲気は、このバーには似あわないものだった。

客は私の他には誰もおらず、私とは反対側のカウンターの隅でグラスを磨いていた沢井《さわい》が、

「いらっしゃいませ」

の言葉を、いつもより早いタイミングで口にした。

男は臆した様子もなく、店の中を見回した。そして、顔立ちにふさわしいバリトンの声でいった。

「ジョーカーというお客さんは、今夜は見えますか？」

私は新しい煙草《たばこ》に火をつけたところだった。

男は私を見た。私は煙草を口にやり、煙を吐きだした。アルコールの血中濃度は、電光石火まであと半分、というところだった。

「俺だ」

男は小さく息を吐いて、頷《うなず》いた。私に会えて喜んでいるように見えた。無駄足をふまずにすんで、ほっとしているのかもしれない。

「すわれよ」

私は隣のストゥールを示した。男が腰かけると、整髪料が匂った。育毛剤の入った整髪料だ。

「料金のことは知っているか」

男が沢井に水割りを注文すると、私はいった。

「知っています」

「持っているか」

「着手金が現金で百万」

「よし。もらおう」

私は手をさしだした。男は驚いたように私を見た。

「今、か」

言葉づかいが変わった。私にとってはたいした問題ではない。

「今だ。話はそれからだ。話を聞くことも、料金に含まれてる」

「だが、あんたが断わったら……」

「俺は断わらない。俺にできない仕事なら、他の人間を紹介する。その場合は紹介料だ」

「紹介料が百万？」

「そういう仕事もある」

どんな仕事かはいわなかった。

男は躊躇《ちゆうちよ》したように、目の前に沢井がおいた水割りのグラスを見つめた。が、上着の内ポケットから封筒をとりだした。

受けとった私は中をのぞいた。帯封のかかった札束が入っていた。

沢井にさしだした。

「数えてくれ」

男はむっとしたように私をにらんだ。

「ちゃんとある」

「わかってる。数えてくれ」

沢井は無表情で封筒を受けとった。やがて、

「あります」

とだけ短く答えて、返してよこした。私はそれを上着のサイドポケットに押しこんだ。

「聞こう」

男はしばらく私を見つめていた。あきれているようだ。が、後悔をしているようには見えなかった。

やがて写真をとりだし、私につきつけた。

「仙田《せんだ》という男だ。三十九歳。三日前、仕事に出るといって家を出たきり、いなくなった。家には女房、子供がいる。私は、仙田の上司だ。捜してくれ」

写真を受けとった。額《ひたい》が大きく後退した、小柄な男が写っていた。ジャージのスウェットパンツをはき、三、四歳の男の子が乗った三輪車を押している。

目が丸く、鼻が低かった。口も小さい。金にも権力にも縁のなさそうな顔だ。

「仕事は何をしている」

「事務だ。ただの、ありふれた事務だ」

「あんたの会社は？」

「事務機器のおろしをやっている。主に官庁を相手に」

予期していた問いだったのか、素早く答えた。私は男を見た。

「あんたの名は？」

「高橋《たかはし》」

「いいだろう、高橋さん。この男は何かを持って逃げたのか、たとえば会社の金を」

高橋は首を振った。

「警察に捜索願いは？」

「出してない」

「なぜだ」

「多分……。女と一緒にいると思うからだ」

「だったらあんたが連れ戻せばいい。さもなきゃ、この男の女房が」

「女がどこにいるかわからない」

私は頷いた。が、この仕事がそれほど簡単なら、私に頼む必要はない。まともな探偵社に正規の料金を払えばすむ。

「女の名は？」

「本名は知らん。店での名は夏美《なつみ》。六本木の『ガゼル』というクラブのホステスだ」

「わかった」

「それだけでいいのか？」

高橋は再び驚いたようにいった。

「この男は、六本木の『ガゼル』の夏美と一緒にいる。捜して、あんたに会わせる。それでいいのだろう」

「そうだ」

「だったら、わかった」

「――いつ……いつになる」

「明日か明後日。急ぐなら、こちらから連絡をとれるように、電話番号を訊《き》いておく」

高橋は三つの電話番号を口にした。ひとつが自宅、ひとつが勤め先、ひとつが自動車電話の番号だった。

「このどれかで、たいてい連絡がつく」

名刺は出さなかった。私も、別にもらえるとは思っていなかった。

私はそれらの番号を、コースターにメモし、沢井に手渡した。沢井が受けとって、カウンターの下にある金庫にしまった。

「俺に連絡をしたくなったら、ここに電話をしろ。彼が手筈《てはず》をとる」

「わかった」

高橋は憮然《ぶぜん》としていった。

「もう帰っていいぞ」

私はいった。

高橋は立ちあがった。沢井を見た。

「水割りは、俺が払っておく。サービスだ」

高橋はあきれたように私を見おろした。

「変わった商売のやり方をするんだな。本当に変わってるぞ」

私は答えなかった。

「ありがとうございました」

沢井がいってカウンターを出た。高橋は、一瞬、身の持っていき場をなくしたように立ちつくしていたが、くるりと踵《きびす》を返した。

沢井が高橋を店の出口まで送る間、私は仙田の写真を見つめていた。

戻ってきた沢井に訊《たず》ねた。

「車は？」

「白ナンバーのクラウン。電話付、ナンバーは練馬《ねりま》。運転手はいない。色は紺」

私は写真を、手のついていない高橋のグラスの上にのせた。

「楽な仕事じゃないですか」

沢井は嬉しそうに笑って、カウンターの反対側から写真をのぞいた。

「奴《やつ》のいってることが本当ならだ」

「嘘《うそ》ですか？」

「半分以上な」

2

「ガゼル」は、六本木《ろっぽんぎ》交差点から芋洗《いもあら》い坂《ざか》を百メートルほど下った雑居ビルにあった。クラブというよりは、スナックに近い。

満卓になっても、せいぜい十四、五人ていどしか客は入らないだろう。ホステスも〝ママ〟を含めて五人しかいない。

〝ママ〟は三十代半《なか》ばにさしかかった、暗い顔つきの女だった。

「夏美ちゃんは今日はお休みなんですよ、すみません」

席についた私が夏美を指名すると、やって来ていった。

「ずっと休んでるのかい」

「そうでもないかしら。三日ぐらい？」

かたわらのボーイに訊ねた。ボーイは頷いた。

若い、目つきに険《けん》のあるボーイだった。二十二、三といったところだろう。夏美の名を私が口にしたことで、険に鋭さが加わっていた。

「そうか。残念だな。また来るか」

「あら、そんなこといわないで。他にもいい子はいますから」

私の腕に手をかけ、ボーイに、

「あやちゃん、呼んで……」

と囁《ささや》いた。

ボーイの目につかのま、蔑《さげす》んだような色が浮かぶのを私は見た。

高橋と会った翌日の晩だった。時間は八時を少し過ぎた頃で、客は私の他に奥の席にひと組入っているだけだ。

大声で笑い声をたてている、サラリーマン風の二人連れだった。中央の黒縁眼鏡《くろぶちめがね》の男の声が大きく、ふたつほど離れた席にすわっていても、その濁《だ》み声《ごえ》が聞こえてくる。

あやというのは、その席についていた、痩せた娘だった。はやりのロングヘアに赤いミニのワンピースを着けている。

ボーイが声をかけると、ゆらりと立ちあがって、私の隣にきた。

鼻にかかった、妙に眠たげな喋《しゃべ》り方をする。

「あやです。よろしく」

ぴったりと太腿《ふともも》を私の膝《ひざ》におしつけ、いった。髪をかきあげては、耳のうしろにはさむ仕《し》草《ぐさ》を、幾度もくり返している。

〝ママ〟がいなくなると、自分のグラスに、私がとったブランデーを注《そそ》ぎながら、いった。

「お客さん、初めて？」

「そうだ」

ボトルの首にかかったプレートの日付を見た。

「夏美ちゃんは、前の店で？」

「そうだよ」

「あの子も長いからね」

「あいつ、本当は幾つなんだい？」

「二十四、かな。ここじゃ二十《はたち》になってる。内緒だよ」

あやはいって、乾杯、と私のグラスに自分のグラスを当てた。

奥のグループから、どっと笑い声があがった。中心になって喋っているのは、例の濁み声の男だ。

「水商売、長いよな、夏美も」

「うん。前の前の店で一緒だったことあるもん。十八ん時からじゃない」

「君も同じくらいか」

「あたし？　あたし、二年目。といっても出戻りだけど」

「出戻り？」

「二十一で一回結婚してさ、一年で別れちゃったの。で、おととし、復帰」

「向かなかったか」

「うん」

頷いて、あやは、ふふっと笑った。

「何がおかしい？」

「夏美がさ、前いってた。あたしみたいに結婚に向かないのが結婚してさ、夏美みたいに向いてるのが結婚できないのはなんでだろうって」

「そんなに向いてないのか？」

「全然。朝、起きらんないし、料理嫌いだし、まともにやんの掃除くらいかな」

「夏美はまめだよな」

「あの子、すっごくまめだよ。料理好きだしさ、お店で遅くなっても、必ず、朝起きてるもん」

「なんで相手が見つからないんだろう」

「男運、悪いんだよね」

「ほう？」

あやの目がキッチンカウンターのかたわらに立つ、ボーイを見ていた。

「遊んでる子が好きなんだよ、夏美って。バンドやってる子とか、水商売の男とか。そんで、結構尽すけど、すてられちゃうの」

「そいつはかわいそうだな」

「ふん。でもその分、おじさんにもてるよ。かわいそ、かわいそ、してくれるから。おじさんて」

「俺もその口だな」

あやは、体をひいて私を見た。

「名前、何ていうんですか？」

「高橋」

「高橋さん」

「多い名前だろ」

「うちの店にはいないよ。高橋さんてお客さん」

「そうか」

いって、私は腕時計を見た。

「この店、何時まで」

「二時。あたしはそのあと、深夜いくけど」

「深夜？」

「五時までやってる店。そこでまたホステス」

「稼ぐな」

あやは薄い笑いを浮かべた。

「一回ドジったし、玉の輿《たまのこし》は期待できないからね。お金、貯めようと思って」

3

目つきに険のあるボーイが雑居ビルから出てくると、私は倒していた背もたれを起こした。

午前二時四十分だった。

ボーイは、黒のスラックスに白いシャツをノータイで着け、革のブルゾンを羽織《はお》っていた。ガードレールをまたぎこえ、道路の反対側に駐車した車の一台に歩みよる。

黒のスカイラインだった。ドアにキイをさしこみながら、あたりを見回し、ツバを吐いた。尖《とが》った肩を妙にそびやかしている。

スカイラインがエンジンをかけ、タイヤを鳴らしながら発進した。乱暴な運転だった。勢いこんで飛びだしても、深夜から早朝にかけての芋洗い坂は、すぐに行く手を阻《はば》まれる。

私はゆっくりと車のエンジンをかけた。追いつくのは、たやすい仕事だ。

スカイラインは、いらいらしたようにエンジンを空吹《からぶ》かししながら、渋滞の列に加わった。急発進、急停止をくり返し、前を過《よぎ》ろうとする歩行者にはクラクションを浴びせかける。

六本木交差点を渋谷《しぶや》方向に向かい、渋滞を抜けると、無謀ともいえるほどのスピードでつっ走った。

私は溜息《ためいき》をついて、追いすがった。私の車は、シールを全面にはりめぐらせた、メルセデスのコスワース仕様だった。後れをとる心配はないが、パトカーは気になる。

スカイラインは、西麻布《にしあざぶ》交差点を過ぎると左に寄った。

富士フイルムの向かい、首都高速の高樹町《たかぎちよう》入路のあたりを左折する。赤十字病院のある方角だ。

恵比寿《えびす》と広尾《ひろお》の境い目を、スカイラインは右に折れた。エンジンを吹かしながら、マンションの建ち並ぶ一角を走り、コンビニエンスストアの前で止まった。

降りたったボーイは、コンビニエンスストアには入らなかった。かたわらのガラス扉を押し、コンビニエンスストアの上にあるマンションのロビーをよこぎった。

私はスカイラインの前にぴったりとメルセデスを止めた。

車を降り、ロビーに入った。奥にあるエレベーターが上昇していた。

六階で止まった。

私はエレベーターのボタンを押した。下降してきたエレベーターに乗り、六階に昇る。

六階でドアが開くと、ボーイが立っていた。スラックスのポケットに手を入れ、うつむいていたボーイは、私に気づくと顔を上げた。

目が合うと、顎《あご》を斜めに引いた。どこかで会ったのだが、思いだせない、という表情を浮かべている。

「何だよ」

私がエレベーターから降りようとせず、奥の壁によりかかっていると、ボーイはいった。

「降りるんじゃねえのかよ」

ボーイも、六階でエレベーターのボタンを押し、上がって来るのを待っていたのだった。

「夏美はいなかったか」

私はいった。

「何だ、てめえ」

ボーイは目を細めた。

「そうか、さっきの客だな。関係ねえだろう。店はもう終わってるぞ」

「ここは、夏美のマンションだ。そうだろ」

「この野郎、何だってんだよ」

ボーイはエレベーターに入り込んだ。背後で扉が閉まった。

エレベーターはそのまま動かず、狭《せま》い箱の中で、私はボーイと向かいあった。

「お前に何も関係ねえよ。何か文句あんのかよ」

ボーイが私の顔の横に左手を突き、体を倒した。

「いっとくがよ、俺はいつでもあんな店、やめるぜ」

「夏美もやめたのか」

ボーイは舌打ちして、私の顔から視線を外した。次の瞬間、私のわき腹めがけ、右拳《みぎこぶし》をつきだした。

私は左の肘《ひじ》でそれをブロックし、膝をつきあげた。ボーイの股間《こかん》に膝は入り、呻《うめ》き声《ごえ》をたてて前のめりになった。

私はボーイの前髪をつかんでひきずり起こした。六階で止まったエレベーターの箱が揺れた。

「男を捜してるんだ。夏美と一緒にいる男だよ」

私はボーイの耳に囁いた。

「知ら、ねえよ」

「嘘をつくな。乗りかえられて、かっかしてるんだろ」

ボーイの喉仏《のどぼとけ》の上を左手でワシ摑みにしていった。ボーイの顔が青ざめた。

「あんた、どこの人だ」

「どこでもいい。二人はどうなってるんだ」

「知らねえ。け、結婚するとかいいやがって……」

私はボーイの前髪から手を離し、上着から仙田の写真をとりだした。

「この男か」

ボーイは咳きこんだ。よく見えるように鼻先につきつけた。

「この男か」

ボーイの目が写真を見た。私はもう一度、膝で、ボーイの下腹部を蹴った。

「そ、そうだよ……」

「で、どこに行った」

「知らねえ。俺も捜してるんだ、本当だよ」

ボーイの背後で、不意にエレベーターの扉が開いた。

振りあおぐと、スーツを着けた男が二人立っていた。

ひとりは黒縁の眼鏡をかけていた。「ガゼル」にいた濁み声の男だ。

かたわらにいたもうひとりが、一歩エレベーターに踏みこむと、右手を振った。

ヒュッという音がして、耳のうしろに衝撃を感じ、私は膝を折った。

握りのついた黒い皮のブラックジャックをそいつは手首にかけていた。

ボーイの目がまん丸くなった。

ブラックジャックが再びふりおろされた。

今度はナイスショットだった。

私はエレベーターの床に顔を打ちつける前に、気を失っていた。

4

「捜しているんだろ」

濁み声がいった。

目を開けると強烈な光がさしこみ、ひどい頭痛をさらにひどくした。私はあわてて目を閉じた。

「捜しているんだろ、え、おい」

耳もとで再び濁み声がいった。

「そうだよ」

私は目を閉じたまま、息を吐いていった。

「どこだ？」

「わからないから、捜してる」

「そうじゃない。どこに頼まれて、捜してる」

「金融会社だ。あの女は、借金を踏み倒した。元利合計、二百万」

頬《ほお》を張りとばされ、その衝撃で、ぐらりと首が傾《かし》いだ。反対側の頬にも、同じ衝撃をくらい、口の中で血を味わった。

「女じゃないだろ。男だろ」

私は目を開いた。

どこかはわからないが、屋根つきのガレージのような、鉄板をしいた床の上に寝かせられていた。

強い光は、顔の上にかかげられた懐中電灯だ。手を背中のうしろで、足を膝の下で、縛られている。

黒縁眼鏡が、私のかたわらにしゃがんでいた。両手にぴったりとした皮の手袋をはめている。もうサラリーマンには見えなかった。

「仙田は、女に夢中だったそうじゃないか。え？」

黒縁眼鏡はいった。革手袋に包まれた右手が、私の腹の上で、軽く拳を握っていた。

「女も惚《ほ》れてたってな。あんなチンケな野郎にさ」

「蓼《たで》食う虫も好き好きだろ」

私は吐きだした。両頬の内側が切れている。

「よし、その調子だ。で、お前の名前は？」

「ジョーカー」

　拳がぽんぽんと私の胃の上で弾《はず》んだ。次の瞬間、力いっぱい振りおろされた。

私はくの字に体を曲げて、咳きこんだ。

「吐き、そうだ」

「いいぜ、吐いても。だが仰向《あおむ》けで吐くと死ぬぜ。喉《のど》が詰まって」

体を横にできぬよう、ライトを持った男が両膝を使って、私の肩を押さえていた。

「もう一度だ。名前は？」

「ジョーカー」

再び胃を殴られ、私は吐いた。ただし、喉に詰まらぬよう、顔を横に向けた。黒縁眼鏡がとびのいたが、一瞬早く、グレイのスーツの膝に染みがとび散った。

「この野郎……」

黒縁眼鏡が低い声でつぶやいた。

「立たせろ」

私を押さえていた男が髪をつかんで、ひきずり起こした。

黒縁眼鏡が私の顔をのぞきこんだ。

「仙田を殺す気はねえ。だが、お前は別だ。殺すぜ」

「なぜだ？」

「お前が死にゃ、仙田のことをあきらめる奴がいるだろう」

「仙田は何をした？」

黒縁眼鏡の目が丸くなった。

「何をした、だと？　何もしてねえよ。してねえから、捜してるのさ」

「なるほどな」

私は息を吐き、うつむいた。そして首の力をめいっぱい使って、黒縁眼鏡に額を叩きつけた。

眼鏡が割れ、悲鳴があがった。もう一度、叩きつけた。

黒縁眼鏡は、両手を顔にあて、尻もちをついた。

肩をつかまれた。私は引かれる力にあわせて、背後の男にも頭突きをくらわせた。

男は鼻血を吹きださせ、よろめいた。運悪く、床においてあった懐中電灯を踏みつけ、バランスを失った。

倒れたその上に、私はとび乗った。顔と、胸と、胃の上で、三回、とび跳ねた。

男が動かなくなると、私はひざまずき、男の上着のポケットをうしろ手で探った。

匕首《あいくち》が内ポケットに入っていた。

「畜生、目が潰れちまった」

黒縁眼鏡は、床の上を転げ回ってわめいている。顔にあてた両手の間から血が流れていた。

私は苦労して、匕首で、手と脚を縛っていたロープを切断した。

黒縁眼鏡の襟首《えりくび》をつかんで、ひきずった。

壁にはドアがひとつしかなかった。それを開けると、外に出た。

朝靄《あさもや》の浮かんだ青い空気を、私は胸いっぱいに吸いこんだ。潮の香りがした。

そこは、引き込み線の線路が横に走る、コンテナ集積場だった。

私たちが入っていたのも、使用済みになったコンテナのひとつを改造した〝建物〟だった。

線路の周辺には、雑草が生い茂っている。

黒縁眼鏡を線路めがけつきとばし、私は背中の上に乗った。

雑草は生えているが、線路が使われていることは錆《さび》の浮いていないレールを見て、わかった。

「古い活動写真、見たことあるか？」

私は黒縁眼鏡の背中の上でいった。息が荒く、一気には喋れなかった。

「美女が、レールに縛りつけられて、悲鳴をあげるんだ。はるか向こうから、もくもくと煙を吐く蒸気機関車がやってくる。正義の味方は馬でやってくる。蒸気機関車が早いか、馬に乗ったヒーローが早いかってな具合いだ」

「な、何のことだ。目が痛えよ」

「もうすぐお前がそうなるってことだ。コンテナからロープをとってきて、縛りつけてやる」

「勘弁してくれ、殺すってのは冗談だよ。脅《おど》せば喋ると思ったからだ」

「俺は脅さないぜ。お前を縛って、おいていくだけだ」

「頼むよ、頼むから見逃してくれ」

「仙田はなぜ、追われてるんだ？」

「逃げたからだよ」

「どこから」

「知らねえのかよ」

右耳のうしろに匕首をあてがった。

「目の次は耳だな」

「わかった、いう。防衛施設管理局だよ」

「防衛施設管理局の人間が、なぜ逃げる」

「知らねえよ、そこまで。こっちは頼まれただけだ」

「誰に？」

「奴の頭の中味を欲しがってる人間だよ」

「面白いな。仙田の脳味噌はそんなにうまいのか」

「頼む、本当だ、信じてくれ。仙田の頭ん中には、高く売れる数字が山ほど詰まってるんだってよ、それしか俺は知らねえ」

「お前のクライアントの名を訊こうか」

「勘弁してくれ、埋められちまう」

「どっちがいい。電車の車輪でバラバラにされるのと」

「風間《かざま》って男だ。広尾で手広く水商売をやってる……」

私は匕首のツカを後頭部に叩きつけた。黒縁眼鏡は額をレールに打ちつけ、呻いて動かなくなった。

息を吐いて立ちあがり、あたりを見回した。コンテナの向こうに、四ＷＤのワゴンが止まっている。黒縁眼鏡のポケットをさぐると、ブラックジャックとキイホルダーが見つかった。そのふたつを自分のポケットに移し、私はワゴンに向かって、よろめき歩いていった。

5

目が覚めると、午後四時を回っていた。シャワーを浴び、頭突きでできた額の傷にバンドエイドを貼った。

電話が鳴った。沢井だった。

「あの男からきのうの晩、電話がありましたよ」

「何だっていうんだ」

「もう調査を打ち切っていいそうです。百万は渡すが、これ以上は払わない、といいました」

「理由は訊いたか」

「いえ」

私は洗面所の鏡の前に戻った。額の絆創膏《ばんそうこう》は、まるで三つ目のように見える。

便座の上に腰をおろし、高橋の気が変わったわけを考えた。

仙田が見つかったか、さもなければ、仙田の脳味噌が必要なくなったかのどちらかだ。

高橋に会ってみればわかることだった。


高橋は、防衛庁に近い雑居ビルの前に立っていた私に気づくと、体をこわばらせた。その雑居ビルには、防衛庁の装備を供給する会社のオフィスが入っている。しかもそれが表向きの看板で、内実は幕僚情報部の連絡事務所であることを、私は知っていた。

「――どうしてここが……」

「狭い街だ。すぐにわかる」

私はよりかかっていたメルセデスから体を起こしていった。夏美のマンションから取ってきたところだった。

高橋は二佐の制服を着けていた。

「そうじゃない。わたしが防衛庁の人間だと、どうしてわかった?」

「いろいろあってね。話をしようか」

私はメルセデスの扉を開いた。高橋は唇《くちびる》をかんで、通りの反対側を見つめた。そこには制服を着た門衛が立つ、防衛庁の門があった。

「ここじゃまずい」

「仙田は見つかったのか?」

「ここじゃまずいといってるだろう!」

「乗らなきゃクラクションを鳴らして、もっと人目を集めてやるぜ」

高橋は荒々しく息を吸いこんだ。そして私をにらみつけ、メルセデスの助手席に乗りこんだ。

私は運転席に回り、スタートさせた。

「外から車の中は見えん。仙田を捜さなくてよくなったわけを聞こうか」

「きのうの昼間、本人から電話があった。仕事をやめて、遠くの街で女と暮らしていきたい、といった。女房とのケリも自分でつけるといった。だからだ」

「信じたのか」

「どうしようもないだろう。本人がそうしたいといってるんだ」

「脅されたのか。捜し回るようなことをしたら、頭の中味を外国に売ると」

高橋ははっとしたように私を見た。

「貴様……、どこまで知ってる」

「何も知らんから聞いてる」

「民間人が関わる問題じゃない」

「そうかい。なら、どうして警務隊に捜させず、私に依頼した？」

高橋は黙った。

「仙田の階級は何だったんだ？」

「三曹だ」

「三曹が、それほど重要な防衛機密に近づけるとは思えないが」

「それ以上は何も喋らん。あとは何があろうと、貴様とかかわったことを否定するぞ」

「仙田を殺すつもりか？」

高橋は私を見た。が、何もいわなかった。

「仙田を『ガゼル』に紹介したのは誰だ？」

高橋は無言だった。

その晩、私が会った男は、呼びだされたことにひどく迷惑している様子だった。だが二年前、その男の陥《おちい》ったひどく厄介《やっかい》なトラブルを、私は処理してやったことがあった。おかげでその男のキャリアには傷がつかず、防衛庁の人事局では重要なポストについている。

男は私に、コンピュータのプリントアウトをコピーしたものを渡し、そそくさと帰っていった。

私は沢井の店でカウンターに陣どると、コピーを広げた。

それは、仙田兼次《けんじ》三曹の経歴だった。仙田兼次は、青森《あおもり》県の農家の出身で、中学を卒業してすぐ、自衛隊に入隊していた。普通科連隊に配属され、いわば〝歩兵〟として勤続している。体力、知力とも、特に目立った成績はあげていない。

しかし、現在〝出向〟の形で防衛庁に勤務しているのだ。一介の歩兵が、自衛隊のエリート集団である防衛庁に、しかも東北地区から出向しているというのは、普通ではなかった。

私は添付された自衛隊学校の成績表を見た。実技、学力、双方とも中の下の成績である。だが、そこに教官が自筆の考査記録を残していた。

「特記スベキ能力　記憶力」とある。

それによると、仙田兼次陸士は、年号、機械番号等の数字の記憶力が抜群だった。十桁以上の数字が二十行以上並んでいる文章を一分間で、すべて暗記することができたという。

無論、記憶力が優れているだけでは、学力考査で高い点をあげることはできない。むしろ、暗記力に頼った結果、理解力は人より劣っているのではないか、と教官は結んでいた。

私は資料を、バーのトイレで灰にし、流した。

風采《ふうさい》のあがらぬ自衛官、仙田兼次の失跡に、自衛隊の警務部が動かなかったわけが、少しわかったような気がしていた。

「金になりそうですか、これ以上」

カウンターに戻ると、沢井がいった。私は首を振った。

「無理だな。だが、もう少し動いてみる」

「あの高橋って奴は気に入りませんね。横柄《おうへい》な喋り方をする」

「エリートなんだ。国家公務員上級試験に合格しているような男だ」

沢井の目が丸くなった。

「官僚なんですか？」

「ああ」

私は頷いた。

「よく百万もの銭が用意できたもんだ」

「税金だろ」

「ムカつくな」

「払ったことがあるような口ぶりだな」

私がいうと、沢井は肩をすくめた。

6

広尾に向かうために、車に乗りこんだ。途中、遠回りして芋洗い坂を下った。渋滞で止まり、私はフロントグラスから、「ガゼル」の入っているビルの前を通りかかった。

そのビルを見つめた。

酒場の名を連ねた照明看板の一番上に、「第二風間ビル」と記されていた。

「サンクチュアリ」は、広尾商店街を外れた静かな一角にある。

店の存在を主張するような看板の類は一切、出されていない。窓のないビルの、大理石をはめこんだ壁に、金属の扉がはまり、筆記体の「SANCTUARY」の文字がスポットライトで浮かびあがっている。

私はその金属の扉を押した。

大理石の床は、鏡のように磨《みが》きこまれている。

「いらっしゃいませ」

タキシードを着けた、彫りの深い顔立ちの男が私を迎えた。身長は一八〇センチ以上あって、胸板の厚味は十トントラック並みだ。

「メンバーの御紹介でしょうか」

「風間さんに会いに来た。ここは風間さんの店と聞いたが？」

「オーナーとお会いになる約束がおありでしょうか」

「ない」

大男はつかのま、ためらった。放りだすべきか、取り次ぐべきか考えたようだ。

「お名前は？」

「ジョーカー」

後悔の表情が浮かんだ。放りだせばよかった、と思ったようだ。

「お待ち下さい」

大男は建物の内部とを隔《へだ》てたもう一枚のドアを開いて消えた。

およそ十畳ほどの、大理石をしきつめた何もない空間に私はつっ立っていた。人声も、音楽も、何も聞こえなかったが、「サンクチュアリ」は、今年、広尾にオープンした店の中では、最高級を自認するナイトクラブだった。設計、内装とも、世界一流の建築家、デザイナーを起用している。

会員になれるのは、一部上場の法人か「各界著名の氏」のみ、とされていた。

「こちらへどうぞ」

戻ってきた大男がいって、私を奥へと案内した。

一階と地下に分かれた店の、地下の突きあたりの小部屋に、私は連れていかれた。褐色《かっしょく》で統一された室内の壁には詰め物がされていて、磨きこまれたチークの細長いテーブルが中央におかれている。

その一番奥に、男がひとり腰かけていた。

五十を半ば過ぎた、銀髪のがっしりとした男だった。もみあげを長くのばし、グレイのスリーピースを着けている。胸の前で、のばした人指し指どうしを重ねて、手を組んでいた。

「風間さんですな」

私はいった。男は頷いた。

「君のことは聞いたことがある。ジョーカーと名乗っている理由を聞こう」

「それが会ってくれたわけか」

「そうだ」

かすれた、しかし聞きとるには苦労しない声だった。

「簡単だ。カードの七並べで、ジョーカーはつながらない数字のすきまを埋めるのに使う」

「数字が人間か」

私は頷いた。

「つながるものをつないだあと、私は用がない。別の人間が使うか、そこに捨ておかれるかだ。あれば便利だが――」

「手をアガるには邪魔な存在だな」

風間はあとをひきとった。私は肩をすくめた。

「そうだ」

「本名は何という」

「忘れたな。ずっと使っていない」

「なるほど。私に会いたいわけは？」

「仙田兼次を捜している理由だ」

風間はしばらく黙っていた。やがていった。

「連中は君に頼んだのか」

「ひと晩だけだ。今は手をひいて欲しがっている」

「なぜだ？」

「わからない。穴が広がるのを恐れたのかもしれん」

風間は息を吐いた。

「墓参団だ」

「墓参団？」

「私の本当の祖国と日本は、まだ国交がない。そのために、祖国に墓参りに帰りたくとも帰れない人間がたくさんいる。日本の外務省は、彼らが一度出国すれば、再入国を許さない方針をとっているからだ。政府に圧力をかけ、それをやめさせたい」

「仙田が圧力に役立つと？」

「仙田が防衛庁に〝出向〟した本当の理由を知っているか？」

私は首を振った。

「文書記録すら残せないような、戦術実験の結果報告に使われるためだ」

「もう少し詳しく話してくれ」

風間は息を吸い込んだ。

「幕僚情報部は、技術研究部と協力して、有事の際に備えた、さまざまな実験を行っている。しかし、その実験は、防衛庁の高級官僚ですら知らぬものが多い。当然、公《おおや》けになれば、政府も寝耳に水で、あわてることになるだろう。実験を行っている連中は、データを文書に残すことを極力、さけている。幕僚情報部のコンピュータに入っているデータは、操作ひとつですべて抹消される仕組だ。しかもデータは皆、暗号で入力されている」

「それで？」

「そのごくわずかに実験に携わっている人間たちの間を動き回り、逐一、出たデータを報告するのが、仙田の仕事だった。仙田は、実際の実験の内容や進行具合いはほとんど知らされず、実験場と防衛庁の間を往復しては、暗記した数字を運んでいたわけだ」

「人間伝書鳩だな」

風間は頷いた。

「いっさい記録文書を残さず、機密の漏洩《ろうえい》を防ぐために、考えだされた手段さ」

「そこまで信用されていたのか」

風間は薄笑いを浮かべた。

「仙田を人間とは思っていなかったのさ。メモ代わりにしか、奴らは使っていなかった。その歩くメモが、単身赴任で東京にいる間に、女に惚れたというわけだ」

「あの店は、あんたのものか」

「あのビルの店すべてがそうだ」

「納得ずくで女を近づかせたのか？」

風間は首を振った。

「偶然だ。女は、それまでの男と切れたがっていた。それで田舎者《いなかもの》の中年男をうまく利用したというわけだ」

「なぜそこまで話す？」

私は、或る予感を感じながらいった。

「行ってみればわかる。仙田は今、渋谷の『パリス』というラブホテルにいる」

「どうして知った？」

私は訊ねたが、すぐ愚問だと悟った。防衛庁における仙田の役割りを教えた人物から、連絡があったにちがいない。

「サンクチュアリ」を出て、私は車に乗りこみ、渋谷をめざした。

円山町《まるやまちょう》のラブホテル街で「パリス」を見つけた。

ホテルの前には、パトカーが一台と、目立たない色のバンが数台止まっていた。バンのナンバープレートは、通常のものではなく、数字だけが並んだ特殊車輌だった。

私がホテルの受付に入ろうとすると、私服の男たちが立ち塞《ふさ》がった。

「ここは今、閉鎖されている」

「警官か？」

私は訊ねた。男たちは答えなかった。

受付にすわった、頭の禿げあがった男は、怯《おび》えきった表情を浮かべている。

「警官なら警察手帳を見せろ」

私はいった。

「お前こそ何者だ」

立ちはだかった男がいった。

「仙田兼次を捜している人間だ」

男の顔色が変わった。

「貴様どこからそれを――」

「高橋二佐さ。それともあの制服は借り物かな」

男は黙りこんだ。

私は受付をのぞいていった。

「何階だ？」

「ご、五階です」

毛糸のカーディガンを着こんだ中年男は震えながらいった。

私は制止されることなくエレベーターに乗りこみ、五階へと昇った。

狭い廊下に、男たちがひしめきあっていた。制服を着た人間はひとりもいない。警察は手を出すなという指令が出ているようだ。

男たちがいっせいに私を振り返った。中に高橋がいた。

「貴様……どうしてここを――」

男たちは、ひとつの部屋のドアの前に固まっていた。何人かが、手に銃を持っていた。

私は答えず、ドアに近づいていった。ドアは半ば開いており、中から女のすすり泣きが聞こえた。

私は背後に立つ高橋を振り返った。

「いつからここにいるんだ?」

「今日の昼だ。また電話があり、逆探知した。女を殺して、自分も死ぬ、といっている」

「遠くの街で暮らす話はどうした?」

「きのうから、奴は自殺をほのめかしていたんだ」

高橋は厳しい顔でいった。

「武装しているのか、仙田は」

「護身用に拳銃を所持していたんだ」

高橋はあきらめたようにいった。

「機密情報を頭で運んでいたからか」

高橋の目が広がった。

「貴様、どこからそれを――」

私は答えず、部屋のドアを引き開けた。

ダブルベッドに下着姿の男女がいた。女は長い髪で、まだ幼さの残る顔つきをしている。

二十《はたち》で通っていた、という、あやの言葉を思いだした。

とりたてて美人というわけでもない、むしろ垢《あか》ぬけない顔だちをしている。スリップの肩ひもが落ち、小さな乳房が片方露《あら》わになっていた。

男は仙田だった。あぐらをかき、膝の上に大型の軍用オートマティックをのせていた。

缶ビールの空き缶が転がっている。

ベッドのヘッドボードに自衛官の制服と、女物のワンピースがかかっていた。

「あんた、何だ？」

仙田は、ろれつの回らない声でいった。

「この子の親に頼まれて、ひきとりに来たんだ。離してやってくれ」

私はいった。仙田は息を吐いた。

「だまされちまった、田舎者だと思って馬鹿にしやがって……」

東北訛《なま》りがあった。

「勘弁してやれ。悪い男につきまとわれていたのさ」

女が私を見た。泣きはらした目だった。

「女房や子供に合わす顔がねえ」

「やり直せるさ」

「いや。俺はよ、東京に食われちまった。やっぱり、ここはおっかない街だな」

「仙田三曹、考え直せ！」

高橋が、私の背後から叫んだ。仙田はそちらを見やり、わずかに首を振った。その目に涙がにじんでいるのを、私は見た。

「失礼します！」

仙田は叫び、銃口を自分のこめかみにあてた。銃声と女の悲鳴が交錯した。私は息を吸い込んだ。おびただしい量の血が、安っぽい壁紙にとび散った。

「馬鹿が……」

高橋がつぶやくのが聞こえた。

「かわいそうだといってやれ、上官だろ」

私はいった。そして、部屋を出ていった。

外に出ると、再び強い風が吹いていた。

今夜こそ、電光石火まで飲みつづけよう。車に乗りこんだ私は、ヒーターを強くして、思った。

大沢在昌 著作リスト

ホームページ『大極宮』より転載
http://www.osawa-office.co.jp/write/osawa_list.html

◆佐久間公シリーズ（短編集）

感傷の街角
1982 双葉ノベルス
1987 双葉文庫
1991 ケイブンシャ文庫
1994 角川文庫

漂泊の街角
1985 双葉ノベルス
1988 双葉文庫
1992 ケイブンシャ文庫
1995 角川文庫

◆佐久間公シリーズ（長編）

標的走路
1980 双葉ノベルス
1986 双葉文庫
2002 文春ネスコ
2008 ジュリアン出版
（「標的走路　レスリーへの伝言」短編追加）

追跡者の血統
1986 双葉社
1988 双葉文庫
1992 ケイブンシャ文庫
1996 角川文庫

雪蛍
1996 講談社
1998 講談社ノベルス
1999 講談社文庫

心では重すぎる
2000 文藝春秋
2002 カッパ・ノベルス
2004 文春文庫（上）
2004 文春文庫（下）

◆アルバイト探偵《アイ》シリーズ（短編集）

アルバイト探偵《アイ》
1986 廣済堂ブルーブックス
1988 桃園文庫
1991 廣済堂文庫
1995 講談社文庫
2013 角川文庫
（『アルバイト・アイ　命で払え』に改題）

アルバイト探偵II　避暑地の夏、殺し屋の夏
１９８７ 廣済堂ブルーブックス
１９８９ 廣済堂文庫
（『アルバイト探偵《アイ》　調毒師を捜せ』に改題）
１９９６ 講談社文庫
２０１３ 角川文庫
（『アルバイト・アイ　毒を解け』に改題）

◆アルバイト探偵《アイ》シリーズ（長編）

女王陛下のアルバイト探偵《アイ》
１９８８ 廣済堂ブルーブックス
１９９２ 廣済堂文庫
１９９６ 講談社文庫
２００８ 講談社ペーパーバックスK
２００９ 講談社文庫（期間限定カバー）
２０１４ 角川文庫
（『アルバイト・アイ　王女を守れ』に改題）

不思議の国のアルバイト探偵《アイ》
１９８９ 廣済堂ブルーブックス
１９９２ 廣済堂文庫
１９９７ 講談社文庫
２０１４ 角川文庫
（『アルバイト・アイ　諜報街に挑め』に改題）

アルバイト探偵《アイ》　拷問遊園地
１９９１ 廣済堂ブルーブックス
１９９４ 廣済堂文庫
１９９７ 講談社文庫
２０１４ 角川文庫
（『アルバイト・アイ　誇りをとりもどせ』に改題）

帰ってきたアルバイト探偵《アイ》
２００４ 講談社
２００５ 講談社ノベルス
２００６ 講談社文庫
２０１４ 角川文庫
（『アルバイト・アイ　最終兵器を追え』に改題）

◆いやいやクリスシリーズ（短編集）

危険を嫌う男
１９８７ ジョイ・ノベルス
１９９０ 集英社文庫
（『無病息災エージェント』に改題）

絶対安全エージェント
１９９０ ジョイ・ノベルス

1995 集英社文庫
1997 集英社文庫

◆六本木聖者伝説シリーズ（長編）

六本木聖者伝説　魔都委員会篇
1990 双葉社
1992 双葉ノベルス
1993 双葉文庫

六本木聖者伝説　不死王篇
1992 双葉社
1994 双葉ノベルス
1996 双葉文庫

◆新宿鮫シリーズ（長編）

新宿鮫
1990 カッパ・ノベルス
1997 光文社文庫
2005 双葉文庫
2014 光文社文庫　新装版

毒猿　新宿鮫2
1991 カッパ・ノベルス
1998 光文社文庫
2014 光文社文庫　新装版

屍蘭　新宿鮫3
1993 カッパ・ノベルス
1999 光文社文庫
2014 光文社文庫　新装版

無間人形　新宿鮫4
1993 読売新聞社
1994 カッパ・ノベルス
2000 光文社文庫
2014 光文社文庫　新装版

炎蛹　新宿鮫5
1995 カッパ・ノベルス
2001 光文社文庫
2014 光文社文庫　新装版

氷舞　新宿鮫6
1997 カッパ・ノベルス
2002 光文社文庫
2014 光文社文庫　新装版

灰夜　新宿鮫7
2001 カッパ・ノベルス
2004 光文社文庫
2014 光文社文庫　新装版

風化水脈　新宿鮫８
２０００毎日新聞社
２００２カッパ・ノベルス
２００６光文社文庫
２０１４光文社文庫　新装版

狼花　新宿鮫９
２００６光文社
２００８カッパ・ノベルス
２０１０光文社文庫
２０１４光文社文庫　新装版

絆回廊　新宿鮫10
２０１１光文社
２０１３カッパ・ノベルス
２０１４光文社文庫

暗約領域　新宿鮫11
２０１９　光文社

◆新宿鮫シリーズ（短編集）

鮫島の貌　新宿鮫短編集
２０１２光文社
２０１４カッパ・ノベルス
２０１５光文社文庫

◆黄龍の耳シリーズ

黄龍の耳
１９９３ジャンプジェイブックス

黄龍の耳２
１９９４ジャンプジェイブックス

黄龍の耳
１９９７集英社文庫
（『黄龍の耳』『黄龍の耳２』を収録）

◆Ｂ・Ｄ・Ｔシリーズ

Ｂ・Ｄ・Ｔ　掟の街
１９９３双葉社
１９９５双葉ノベルス
１９９６双葉文庫
２００１角川文庫
２００９角川文庫　新装版
２０１９角川文庫　新装版

影絵の騎士
２００７集英社
２００９トクマ・ノベルズ
２０１０集英社文庫

2019 角川文庫

◆不運の坂田シリーズ

走らなあかん、夜明けまで

1993 講談社

1996 講談社ノベルス

1997 講談社文庫

2012 講談社文庫　新装版

涙はふくな、凍るまで

1997 朝日新聞社

1999 講談社ノベルス

2000 朝日文庫

2001 講談社文庫

2012 講談社文庫　新装版

語りつづけろ、届くまで

2012 講談社

2014 講談社ノベルス

2016 講談社文庫

◆天使の牙シリーズ（長編）

天使の牙

1995 小学館

1997 カッパ・ノベルス（上）

1997 カッパ・ノベルス（下）

1998 角川文庫（上）

1998 角川文庫（下）

天使の爪

2003 小学館（上）

2003 小学館（下）

2005 カッパ・ノベルス（上）

2005 カッパ・ノベルス（下）

2007 角川文庫（上）

2007 角川文庫（下）

◆狩人シリーズ

北の狩人

1996 幻冬舎

1998 幻冬舎ノベルス（上）

1998 幻冬舎ノベルス（下）

1999 幻冬舎文庫（上）

1999 幻冬舎文庫（下）

砂の狩人

2002 幻冬舎（上）

2002 幻冬舎（下）

２００４　幻冬舎ノベルス（上）
２００４　幻冬舎ノベルス（下）
２００５　幻冬舎文庫（上）
２００５　幻冬舎文庫（下）

黒の狩人
２００８　幻冬舎（上）
２００８　幻冬舎（下）
２０１０　幻冬舎ノベルス（上）（下）
２０１１　幻冬舎文庫（上）
２０１１　幻冬舎文庫（下）

雨の狩人
２０１４　幻冬舎
２０１７　幻冬舎文庫（上）
２０１７　幻冬舎文庫（下）

◆ザ・ジョーカーシリーズ

ザ・ジョーカー
２００２　講談社
２００４　講談社ノベルス
２００５　講談社文庫

亡命者　ザ・ジョーカー
２００５　講談社
２００７　講談社ノベルス
２００８　講談社文庫

◆魔女シリーズ

魔女の笑窪
２００６　文藝春秋
２００８　カッパ・ノベルス
２００９　文春文庫

魔女の盟約
２００８　文藝春秋
２０１０　カッパ・ノベルス
２０１１　文春文庫

魔女の封印
２０１５　文藝春秋
２０１７　カッパ・ノベルス
２０１８　文春文庫（上）
２０１８　文春文庫（下）

◆カルテットシリーズ

カルテット１　渋谷デッドエンド
２０１０　角川書店

カルテット２　イケニエのマチ
２０１０　角川書店
カルテット３　指揮官
２０１０　角川書店
カルテット４　解放者《リベレイター》
２０１１　角川書店
生贄のマチ　特殊捜査班カルテット
２０１５　角川文庫
（『カルテット１』『カルテット２』収録）
解放者　特殊捜査班カルテット２
２０１５　角川文庫
（『カルテット３』『カルテット４』収録）
十字架の王女　特殊捜査班カルテット３
２０１５　角川文庫

◆ボディガード・キリシリーズ

獣眼
２０１２　徳間書店
２０１４　トクマ・ノベルズ
２０１５　徳間文庫
爆身
２０１８　徳間書店

◆連作短編集

悪人海岸探偵局
１９８６　集英社
１９９０　集英社文庫
２００７　双葉文庫
２０１６　双葉文庫　新装版
暗黒旅人
１９８９　中央公論社
１９９１　中公文庫
１９９６　C★ノベルス
１９９７　角川文庫
２０１１　講談社文庫
銀座探偵局
１９９０　ケイブンシャノベルス
１９９３　ケイブンシャ文庫
１９９７　光文社文庫
らんぼう
１９９８　新潮社
２０００　カッパ・ノベルス
２００２　新潮文庫
２００４　角川文庫

２０１７角川文庫　新装版

極悪専用

２０１５文藝春秋

２０１７トクマ・ノベルズ

２０１８文春文庫

覆面作家

２０１７講談社

◆**短編集**

深夜曲馬団《ミッドナイト・サーカス》

１９８５光風社出版

１９９０徳間文庫

１９９３角川文庫

１９９８ケイブンシャ文庫

眠りの家

１９８９勁文社

１９９０ケイブンシャ文庫

１９９３角川文庫

六本木を一ダース

１９８９河出書房新社

１９９５角川文庫

（『六本木を１ダース』に改題）

死ぬより簡単

１９９０講談社

１９９２講談社ノベルス

１９９３講談社文庫

２０１９光文社文庫（本書）

一年分、冷えている

１９９１ＰＨＰ研究所

１９９４角川文庫

冬の保安官

１９９７角川書店

１９９９角川文庫

２０１７角川文庫　新装版

鏡の顔

２００９ランダムハウス講談社

２０１１トクマ・ノベルズ

２０１２朝日文庫

◆**長編小説**

ダブル・トラップ

１９８１サンノベルス

１９８４徳間文庫

１９９１集英社文庫

２０１１　徳間文庫　新装版

ジャングルの儀式
１９８２　双葉ノベルズ
１９８６　角川文庫
２０１７　角川文庫　新装版

死角形の遺産
１９８２　トクマ・ノベルズ
１９８６　徳間文庫
１９９２　集英社文庫
２００７　徳間文庫　新装版

標的はひとり
１９８３　カドカワノベルズ
１９８７　角川文庫
１９９５　カドカワノベルズ　新装版
２０１６　角川文庫　新装版

野獣駆けろ
１９８３　講談社ノベルス
１９８６　講談社文庫
１９９６　廣済堂文庫
１９９９　講談社ノベルス
２００７　集英社文庫

夏からの長い旅
１９８５　角川書店
１９９１　角川文庫
１９９７　ケイブンシャ文庫
２０１７　角川文庫　新装版

東京騎士団《ナイト・クラブ》
１９８５　徳間書店
１９８９　徳間文庫
１９９７　光文社文庫
２０１３　徳間文庫　新装版

シャドウゲーム
１９８７　トクマ・ノベルズ
１９９１　徳間文庫
１９９５　ケイブンシャ文庫
１９９８　角川文庫
２０１８　徳間文庫　新装版

氷の森
１９８９　講談社
１９９１　講談社ノベルス
１９９２　講談社文庫
２００６　講談社文庫　新装版

相続人ＴＯＭＯＫＯ
１９９０　天山出版

１９９２　天山ノベルス
１９９３　講談社文庫

烙印の森
１９９２　実業之日本社
１９９５　ジョイ・ノベルス
１９９６　角川文庫
２０１９　角川文庫　新装版

ウォームハートコールドボディ
１９９２　スコラ・ノベルズ
１９９４　講談社文庫
２０１０　角川文庫

流れ星の冬
１９９４　双葉社
１９９６　双葉ノベルス
１９９８　双葉文庫
２０１５　双葉文庫　新装版

悪夢狩り
１９９４　ジョイ・ノベルス
１９９７　角川文庫
２００４　徳間文庫
２０１９　角川文庫　新装版

眠たい奴ら
１９９６　毎日新聞社
１９９８　ジョイ・ノベルス
２０００　角川文庫
２０１６　角川文庫　新装版

撃つ薔薇　ＡＤ２０２３涼子
１９９９　光文社
２０００　カッパ・ノベルス
２００１　光文社文庫
２０１５　光文社文庫　新装版

夢の島
１９９９　双葉社
２００１　双葉ノベルス
２００２　双葉文庫
２００７　講談社文庫

闇先案内人
２００１　文藝春秋
２００４　カッパ・ノベルス
２００５　文春文庫（上）
２００５　文春文庫（下）

未来形Ｊ
２００１　角川文庫
２００１　角川文庫　新装版

秋に墓標を
2003 角川書店
2004 カドカワ・エンタテインメント
2006 角川文庫（上）
2006 角川文庫（下）
パンドラ・アイランド
2004 徳間書店
2006 トクマ・ノベルズ（上）
2006 トクマ・ノベルズ（下）
2007 徳間文庫（上）
2007 徳間文庫（下）
2012 集英社文庫（上）
2012 集英社文庫（下）
ニッポン泥棒
2005 文藝春秋
2007 カッパ・ノベルス
2008 文春文庫（上）
2008 文春文庫（下）
2018 角川文庫（上）
2018 角川文庫（下）
Kの日々
2006 双葉社
2009 双葉ノベルス
2010 双葉文庫
2019 双葉文庫　新装版
魔物
2007 角川書店（上）
2007 角川書店（下）
2009 カドカワ・エンタテインメント（上）
2009 カドカワ・エンタテインメント（下）
2010 角川文庫（上）
2010 角川文庫（下）
2019 角川文庫　新装版（上）
2019 角川文庫　新装版（下）
罪深き海辺
2009 毎日新聞社
2011 講談社ノベルス
2012 講談社文庫（上）
2012 講談社文庫（下）
ブラックチェンバー
2010 角川書店
2012 カドカワ・エンタテインメント

2013 角川書店

やぶへび
2010 講談社
2012 講談社ノベルス
2015 講談社文庫

欧亜純白 ユーラシアホワイト
2009 集英社（Ⅰ）
2009 集英社（Ⅱ）
2012 トクマ・ノベルズ（上）
2012 トクマ・ノベルズ（下）
2013 集英社文庫（上）
2013 集英社文庫（下）
2016 徳間文庫（上）
2016 徳間文庫（下）

冬芽の人
2013 新潮社
2015 新潮文庫

海と月の迷路
2013 毎日新聞社
2015 講談社ノベルス
2016 講談社文庫（上）
2016 講談社文庫（下）

ライアー
2014 新潮社
2016 カッパ・ノベルス
2017 新潮文庫

夜明けまで眠らない
2016 双葉社

俺はエージェント
2018 双葉ノベルス

漂砂の塔
2017 小学館

帰去来
2018 集英社

◆エッセイ集

陽のあたるオヤジ
2019 朝日新聞出版

かくカク遊ブ、書く遊ぶ
1994 集英社
1997 集英社文庫

鮫言
1998 小学館文庫
2003 角川文庫

2015 集英社

◆**対談集**

エンパラ

1996 光文社

1998 光文社文庫

2007 光文社文庫 新装版

◆**講座**

小説講座 売れる作家の全技術

2012 角川書店

2019 角川文庫

一九九〇年七月　講談社
一九九二年七月　講談社ノベルス
一九九三年七月　講談社文庫

光文社文庫

死《し》ぬより簡単《かんたん》
著　者　大《おお》沢《さわ》在《あり》昌《まさ》

2019年11月20日　初版1刷発行

発行者　鈴木広和
印　刷　萩原印刷
製　本　ナショナル製本

発行所　株式会社　光文社
〒112-8011　東京都文京区音羽1-16-6
電話 (03)5395-8149　編集部
8116　書籍販売部
8125　業務部

ISBN978-4-334-77930-6　Printed in Japan

組版　萩原印刷

光文社文庫最新刊

Osawa Arimasa

大沢在昌
新宿鮫シリーズ

新宿鮫 新宿鮫1 [新装版]
毒猿 新宿鮫2 [新装版]
屍蘭 新宿鮫3 [新装版]
無間人形 新宿鮫4 [新装版]
炎蛹 新宿鮫5 [新装版]
氷舞 新宿鮫6 [新装版]
灰夜 新宿鮫7 [新装版]
風化水脈 新宿鮫8 [新装版]
狼花 新宿鮫9 [新装版]
絆回廊 新宿鮫10

光文社文庫